KB083064

대당삼장취경시화
大唐三藏取經詩話

The Tale of a Procurement of Scriptures by The Tripitaka Master of The Great Tang

옮긴이

송정화 宋貞和, Song Jung-hwa
이화여자대학교 중어중문학과에서 학부와 석사과정을 마치고 고려대학교 중어중문학과와 중국 푸단대학 중국고대문학연구중심(中國古代文學硏究中心)에서 박사학위를 받았다. 캘리포니아 버클리대학 동아시아연구소에서 박사후 연구원을 지냈고 현재는 고려대학교 중국학연구소 연구원으로 재직 중이며 중국의 공연예술, 신화와 소설을 강의하고 있다. 고전서사와 문화콘텐츠, 역사 지리서에 관심을 갖고 오랜 시간 연구해왔다. 저서로『서유기, 텍스트에서 문화콘텐츠까지』(2022 세종도서 학술부문 우수도서),『신화와 여성으로 읽는 중국문화-전통과 변용』,『중국 여신 연구』(2008 대한민국학술원 우수학술도서) 등이 있고 역서로는『전통 시기 중국의 안과 밖』(공역),『중국 여성 그리고 역사』(공역, 2007 대한민국학술원 우수학술도서) 등이 있다.

대당삼장취경시화

초판인쇄 2023년 1월 20일 **초판발행** 2023년 1월 31일
엮은이 송정화 **펴낸이** 박성모 **펴낸곳** 소명출판 **출판등록** 제1998-000017호
주소 서울시 서초구 사임당로14길 15 서광빌딩 2층
전화 02-585-7840 **팩스** 02-585-7848
전자우편 somyungbooks@daum.net **홈페이지** www.somyong.co.kr

값 16,000원 ⓒ 송정화, 2023
ISBN 979-11-5905-766-3 93820

이 저서는 2019년 대한민국 교육부와 한국연구재단의 지원을 받아 수행된 연구임(NRF-2019S1A5A7069405)

한국연구재단
학술명저번역총서

대당삼장취경시화

大唐三藏取經詩話

The Tale of a Procurement of Scriptures
by The Tripitaka Master of The Great Tang

송정화 역

일러두기

1. 이 책은 송간(宋刊) 소자본(小字本) 『대당삼장취경시화(大唐三藏取經詩話)』를 저본으로 하고 송간 대자본(大字本) 『신조대당삼장법사취경기(新雕大唐三藏法師取經記)』를 참고하여 리례원(黎烈文)이 표점한 『대당삼장취경시화』(上海商務印書館, 1926)와 중국고전문학출판사(中國古典文學出版社) 편 『대당삼장취경시화』(1954)를 참고했으며, 최종적으로 리스런(李時人)·차이징하오(蔡鏡浩)가 교주(校注)한 『대당삼장취경시화교주(大唐三藏取經詩話校注)』(北京中華書局, 1997)를 저본으로 하여 번역하였다. 원문의 정확성을 검증하고자 양자뤄(楊家駱) 편 『송원평화사종(宋元平話四種)』(臺北世界書局, 1965), 『대당삼장취경시화』(臺北世界書局, 1974), 『고본소설집성古本小說集成』(上海古籍出版社, 1990)과도 대조, 검토하였다.

2. 고대 중국 전적과 인명 등 고유명사는 한자 독음으로 표기하고, 처음 나올 때는 한자를 병기하였다.

3. 현대 중국어 인명과 지명 등 고유명사는 중국어 독음으로 표기하고, 처음 나올 때는 한자를 병기하였다.

4. 각 분야의 전문용어는 최대한 뜻을 살려 풀어 썼으며, 처음 나올 때는 한자를 병기하였다.

5. 옮긴이의 주는 【宋】으로 표시하고 각주 처리하였다.

6. 리스런과 차이징하오의 주는 【李蔡】로 표시하고 각주 처리하였다.

7. 기타 이 책의 [일러두기]에 명기되지 않은 사항에 대해서는 일반 번역서의 관례에 따랐다.

『대당삼장취경시화』는 『대당삼장법사취경기大唐三藏法師取經記』라고도 하며 현존하는 중국 최초의 설경說經 화본話本이다. 저작 시기는 송宋대이고 작자는 민간의 예인藝人으로 추정된다. 이 책은 당나라의 삼장법사 현장玄奘, 602~664이 천축국天竺國으로 가서 불경을 가져온 실제 역사적인 사건을 허구화하였고, 손오공孫悟空의 전신인 후행자猴行者와 사오정沙悟淨의 전신인 심사신深沙神이 처음으로 등장하여 명대 소설『서유기西游記』의 원형으로 간주된다.

『대당삼장취경시화』의 원본은 일본의 코잔지高山寺에 소장되어 있다가 1915년에 청말 민초의 장서가이자 금석학자였던 나진옥羅振玉에 의해 처음 영인影印되었으며, 같은 시기의 석학인 왕국유王國維, 1877~1927에 따르면 남송대의 저작으로 추정된다.[1] 송대의 다채로운 민간예술에 대한 기록은 여러 전적들에서 쉽게 찾아볼 수 있지만 그 실제 면모를 보여주는 작품은 드물다. 이러한 측면에서『대당삼장취경시화』는 송대의 민간예술을 구체적으로 살펴볼 수 있는 작품이라는 점에서 중요한 연구 가치를 지닌다.

---

1 『대당삼장취경시화』의 저작 시기는 학자에 따라 송대 혹은 남송대로 본다.

1. 『대당삼장취경시화』의 가치

1) 현존하는 중국 최초의 설경 화본

송대는 거란, 여진, 탕구트, 몽골 등의 이민족들이 지속적으로 국경을 침입하여 국가의 정세는 불안했지만, 문화적으로는 풍부한 물자를 기반으로 하여 어느 때보다 찬란한 민간 예술을 꽃피운 시기였다. 송의 수도 개봉開封은 담장으로 둘러싸인 당唐대 도성의 구조에서 벗어나, 크고 작은 거리들 사이로 주택과 점포가 가득 늘어선 개방된 형태의 도시였다. 사람들은 도시를 중심으로 마음껏 먹고 마시며 즐겼고, 송대의 거리는 밤마다 불야성不夜城을 이뤘다. 특히 송대에는 구란勾欄과 와사瓦肆와 같은 공연을 위한 무대가 본격적으로 세워졌고, 공연을 전문적으로 연행演行하는 예술가 집단이 등장했다. 인형극인 괴뢰희傀儡戲, 그림자극인 영희影戲, 노래하고 춤추는 가무희歌舞戲, 북 반주에 맞춰 노래하는 고자사鼓子詞, 이야기와 노래가 어우러지는 제궁조諸宮調 등 당시 공연의 종목은 매우 다양했고, 특히 종교와 역사이야기를 구연口演하는 설화인說話人들은 대중적인 인기를 한 몸에 누렸다. 설화인들에게 공연이란 생계를 위한 수단이었으므로 그들에게 무엇보다 중요한 것은 저자거리에 모여든 사람들의 이목을 단숨에 사로잡을 수 있는 '이야기'였다. 당시의 설화인들은 완성도 높은 공연을 위해 미리 대본을 작성해 연습했는데 이러한 대본을 '화본話本'이라고 불렀다. 설화인의 공연이 대중 예술로 부상하면서 화본도 일종의 독서물讀書物로서 민간에서 읽히기 시작했으며 그 형식을 모방한 소설까지 등장하게 되었다. 『대당삼장취경시화』는 바로 이러한 이야기와 노래가 어우러진 화본 형식을 본 딴 작품이다.

『대당삼장취경시화』는 화본 중에서도 내용상 불교 경전을 풀이한 설경說經 화본에 속한다. 중국에 불교가 전해진 이래로 난해한 불경을 쉽고 효과적으로 포교하는 방법이 꾸준히 모색되었고 마침내 당대에 이르러 변문變文이라는 형식이 등장하게 되었다. 당시에 민간에서 포교를 담당했던 속강승俗講僧들은 이야기, 노래, 동작을 적절하게 섞어 놓은 변문 형식을 통해 불교 교리를 공연의 형태로 재미있게 풀어냈다. 그러나 당대까지 활발하게 창작되던 변문은 송대에 이르면 더 이상 지어지지 않았고, 설경 화본이 그 역할을 대신하게 되었다.

그렇다면 설경 화본인 『대당삼장취경시화』에는 어떤 불교적인 요소가 담겨 있을까? 제목에서도 볼 수 있듯이 『대당삼장취경시화』는 당나라의 삼장법사 현장이 17년간[2] 오늘날의 인도인 천축국天竺國으로 가서 불경을 가져온 실제 역사적인 사건을 기반으로 한다. 『대당삼장취경시화』는 당시 민간에 잘 알려져 있던 현장의 서천취경西天取經 이야기를 주요 줄거리로 삼고 곳곳에 불교적인 메시

2　삼장법사가 천축국으로 취경하러 갔던 총 여행 기간에 대해서는 17년에서 19년까지 보는 다양한 견해가 존재한다.

지를 집어넣어 불교 교리를 이야기로 쉽게 풀어냈다. 예를 들어 4번째 이야기제4처(處)에서 삼장 일행은 사자국蛇子國에 도착하는데 그곳에 사는 뱀들은 모두 불성佛性을 지녀서 삼장 일행을 공격하지 않고 오히려 길을 비켜준다. 사자림獅子林의 사자들 역시 불성을 지녀 꼬리와 머리를 흔들면서 삼장법사 일행을 맞이한다. 이밖에도 삼장 일행의 앞길을 방해하는 요미妖魔들은 모두 삼장과 후행자의 법술法術에 의해 제압되고 자신의 과오를 뉘우치며 부처님의 자비에 감복한다. 그러나 『대당삼장취경시화』에는 불교적인 내용 못지 않게 도교와 민간신앙적인 요소들도 풍부하여 복합적인 종교 색채를 지녔는데, 이는 대중성을 확보하기 위해 작자가 다양한 종교적인 요소들을 활용했음을 보여준다.

2) 소설 『서유기西游記』의 원형

삼장법사의 취경 여행과 관련해서 우리에게 가장 잘 알려져 있는 작품은 명대 소설 『서유기』이다. 그런데 명대에 『서유기』가 소설의 형태로 나오기 훨씬 전부터 서유 고사는 이미 민간에서 인기 있는 소재였고 시대마다 다양한 형태로 창작되어 향유되어왔다. 금金대의 『당삼장唐三藏』, 『반도회蟠桃會』, 원元대 오창령吳昌齡의 『당삼장서천취경唐三藏西天取經』, 『이랑신쇄제대성二郎神鎖齊大聖』, 『서유기평회西游記平話』 등은 모두 삼장법사의 서천취경 이야기를 공연의 형태로 각색한 극본이다. 그리고 시간을 좀더 거슬러 올라가면 역사적 사실을 처음으로 허구화한 문학 작품을 만날 수 있는데 이것이 바로 송대의 『대당삼장취경시화』이다. 서천취경 이야기는 『대당삼장취경시화』 이전에는 역사기록인 『대당서역기大唐西域記』와 『대당대자은사삼장법사전大唐大慈恩寺三藏法師傳』 등에 실제 역사로 기록되었을 뿐 문학화되지는 않았다. 그러나 『대당삼장취경시화』부터는 후행자와 심사신 등의 허구적인 인물들이 등장하고 환상적인 요소들이 더해지면서 숭고한 구도求道의 이야기가 판타지의 모험 이야기로 변화하게 되었다. '화본'이라는 장르적 한계로 인해 『대당삼장취경시화』의 전체 내용은 간략하지만 소설 『서유기』의 주요 에피소드의 원형은 이미 이 책에서부터 갖춰졌다. 예를 들어 『대당삼장취경시화』의 구룡지九龍池, 귀자모국鬼子母國, 여인국女人國, 왕모지王母池 등의 이야기는 『서유기』로 가면 작자의 기발한 상상력이 더해지면서 더 풍부하고 흥미로운 내용으로 발전한다.

2. 『대당삼장취경시화』의 내용과 구성

『대당삼장취경시화』의 내용은 크게 두 부분으로 나뉜다. 첫째는 삼장법사 일행이 서쪽의 천축국까지 가서 불경을 얻는 모험 이야기이고, 둘째는 삼장법사 일행이 취경의 임무를 완수하고 당나라의 장안長安으로 돌아가는 길에 정광불定光佛로부터 『반야심경般若心經』을 받고 신선이 되어 승천하는 내용이 그것이다. 전체적인 분량에서 보면 천축국으로의 여행이 총 17개의 이야기[17처(處)] 중 첫번째부터 15번째 이야기까지에 해당하고, 당나라로 귀환하는 내용은 16번째와 17번째 이야기만 할애하여 짧게 서술하였다. 서역西域으로의 여행기인 첫번째 이야기부터 15번째 이야기까지는 낯선 이역異域의 풍광을 묘사하고 기이한 요마들이 삼장 일행의 여행을 방해하면서 빚어지는 싸움과 참회의 내용이다. 16번째와 17번째 이야기는 삼장법사 일행이 장안으로 돌아가는 길에 겪는 이야기인데, 16번째 이야기는 정광불로부터 『반야심경』을 얻는 내용이고, 17번째 이야기는 부호 왕장자王長子의 무차대회無遮大會 이야기를 끌어와 불교의 인연因緣과 선행의 이치를 설명하며, 마지막으로 삼장법사 일행이 신선이 되어 승천하는 내용으로 종결된다.

『대당삼장취경시화』는 산문과 운문이 섞인 운산韻散 결합의 형식으로 되어 있다. 여기서 산문이란 이야기를 서술해놓은 부분이고, 운문은 노래에 해당하는 시를 가리킨다. 운산결합은 화본의 고유한 형식인데, 설화인들이 공연을 할 때 이야기로 스토리를 풀어가다가 중간이나 마지막에 노래를 곁들였던 것에서 유래한다. 실제로 『대당삼장취경시화』를 보면 각각의 에피소드마다 시가 삽입되어 있는 운산 결합의 형식을 확인할 수 있다.

그런데 『대당삼장취경시화』의 제목에 보이는 '시화詩話'는 일반적으로 시에 대한 비평문을 가리키는 시화를 의미하는 것일까? 결론부터 얘기하자면『대당삼장취경시화』의 '시화'는 그 시화와는 무관하다. 송대에는 시를 비평한 글을 '시화'라는 장르로 불렀는데『대당삼장취경시화』에는 시를 비평한 내용을 전혀 찾아볼 수 없기 때문이다. 고대에는 장르의 개념이 불분명했으므로 민간 예인이었던 저자가『대당삼장취경시화』속에 다수의 시가 삽입되어 있다는 이유로, 제목에 '시화'라고 붙인 것으로 추정된다.

3.『대당삼장취경시화』의 작자

『대당삼장취경시화』의 작자는 미상이고 아직까지 정설이 없다. 작품의 내용에 근거해 볼 때 작자는 특정 종교의 신도라기보다는 민간의 예인藝人일 가능성이 높다. 우선 이 책은 불교적인 색채가 농후하지만 정확하고 해박한 불교 지식을 보여주지는 않는다. 예를 들어 3번째 이야기에서 작자는 비사문천왕毗沙門天王과 대범천왕大梵天王을 합쳐 비사문대범천왕毗沙門大梵天王이라는 가상의 인물을 만들어 냈는데, 사실 이 두 신은 엄연히 다른 존재이다. 만약 작자가 독실한 불교도였다면 이와 같은 오류는 일어날 수 없었을 것이다. 또한 11번째 이야기에 묘사된 삼장법사를 보면 역사 속의 고승高僧 현장과는 상당한 거리가 있다.『대당삼장취경시화』의 삼장법사는 자신의 장생의 욕망을 위해 제자인 후행자에게 반도蟠桃 복숭아를 훔쳐오라고 도둑질을 부추긴다. 그러나 삼장법사는 막상 후행자가 어린 아이 모양의 반도 복숭아를 먹으라고 건네자 두려워하며 피한다. 이와 같이 탐욕스럽고 졸렬한 삼장법사의 이미지는 작자가 이 작품을 불교 포교보다는 오히려 '오락성'을 염두에 두고 창작했음을 보여준다. 그리고 이 책에는 불교뿐 아니라 도교적인 내용들도 많이 들어가 있다. 예를 들어 손오공을 대라大羅 신선이라 부르고, 도교의 여신인 서왕모西王母가 등장하며, 마지막에 삼장법사 일행이 신선이 되어 승천하는 내용은 이 책의 저자가 도교적인 요소들을 적절히 활용했음을 보여준다. 이러한 맥락에서 『대당삼장취경시화』의 작자는 민간에서 신앙되던 불교와 도교의 소재들을 작품 속에 녹여내고, 대중적인 흡인력을 지녔던 서유 고사를 통속적인 '화본'의 형식 속에 담아낼 수 있었던 민간의 예인이었을 것으로 추정된다.

4. 『대당삼장취경시화』의 판본

현존하는 『대당삼장취경시화』의 판본은 송간宋刊 소자본小字本 『대당삼장취경시화大唐三藏取經詩話』와 송간 대자본大字本 『신조대당삼장법사취경기新雕大唐三藏法師取經記』의 2개가 있다. 소자본은 상上, 중中, 하下의 3권으로 나뉘고 책 말미에는 '중와자장가인中瓦子張家印'이라고 적혀 있으며, 제1처處의 전체와 7처의 후반부, 8처의 전반부는 사라지고 없다. 한 페이지는 10行행으로 되어 있고 한 행에는 15개의 글자가 들어가 있다. 이 책은 원래 일본의 코잔지高山寺에 소장되어 있다가 나중에 귀족이자 재벌이었던 오오쿠라 키시치로大倉喜七郎, 1837~1928의 개인 소유가 되면서 외부에 공개되지 않았다. 이후 근대 시기의 나진옥羅振玉, 1866~1940에 의해 그 존재가 처음 알려지게 되었다. 특히 소자본 영인본의 마지막에 나오는 왕국유王國維, 1877~1927의 발문跋文에는 『대당삼장취경시화』 연구에 있어서 중요한 단서들이 기록되어 있다.

『신조삼장법사취경기』라는 제목의 대자본은 1, 2, 3의 3권으로 나뉘며 이중 권1의 1~3처의 전부와 4처의 상반부, 권2의 전부가 결락되었고 권3만이 대체로 완정하다. 한 페이지에 10행이 들어가며 행마다 17~18자가 기록되어 있다. 이 책 역시 일본의 코잔지에 소장되어 있다가 도쿠토미 소미네德富蘇峰, 1863~1957의 성궤당문고成簣堂文庫에 귀속되었고, 이후 1917년에 나진옥에 의해 영인되어 일본의 길석암총서吉石庵叢書에 수록되면서 세상에 알려지게 되었다. 『신조대당삼장법사취경기』와 『대당삼장취경시화』는 판본의 글자 크기에 따라 각각 대자본과 소자본으로 불리기도 한다. 이후로 1925년에는 중국의 상무인서관商務印書館에서 나진옥이 영인하고 리례원黎烈文이 표점을 단 소자본 『대당삼장취경시화』가 인쇄되어 나왔고, 1954년에는 중국 고전문학출판사에서 나진옥의 소자본과 대자본을 합본한 『대당삼장취경시화』이 1권으로 출간되었다.

본 역서에서는 1925년 상무인서관본『대당삼장취경시화』와 1954년 중국 고전문학출판사본『대당삼장취경시화』를 참고했으며, 최종적으로 1997년에 베이징北京 중화서국中華書局에서 출판된 리스런李時人과 차이징하오蔡鏡浩의 교주校注본『대당삼장취경시화』를 참고하여 번역을 진행하였다. 그리고 더 정확한 원문의 검증을 위해 1965년 타이베이臺北 세계서국世界書局에서 출판된 양자뤄楊家駱가 편찬한『송원평화사종宋元平話四種』본과 1974년 타이베이 세계서국에서 나온『대당삼장취경시화』, 1990년에 상해고적출판사上海古籍出版社에서 나온『고본소설집성古本小說集成』본의 원문도 함께 검토하였다. 이중 리스런과 차이징하오가 교주한『대당삼장취경시화』는 비교적 최근에 출판되어 글자가 정확하며 알아보기 쉽고 교주도 상세하여 번역하는 과정에서 많은 참고가 되었다.

예전 학부 시절에 중국 문학사를 배울 때 줄곧 지니고 있던 한 가지 의문이 있었다. 왜 문학사에서는 귀족들의 고상한 문학만을 주로 이야기하고 민간의 통속적인 예술은 거의 언급하지 않는 것일까? 분명 그 시대에도 재기발랄하고 생기 넘치는 민간예술이 존재했을 텐데 정작 강의와 책에서 접할 수 있는 것은 소위 상층 계급의 전유물로서의 문학이 대부분이었다. 나중에 중국문학을 본격적으로 공부하면서 고대의 민간예술 작품들 중 현존하는 것이 드물고 작품성도 수준에 못 미치는 것이 많다는 사실을 알게 되었지만, 그

럼에도 불구하고 고대인들의 절반의 삶만을 공부하고 있다는 아쉬움이 컸다. 이러한 측면에서 『대당삼장취경시화』를 번역하는 작업은 현존하는 최고最古의 설경 화본을 번역하여 한국에 처음으로 선보인다는 설렘이 있는 작업이었다. 거의 1,000년에 가까운 세월을 거슬러 올라가 고대 중국인들이 어떻게 역사와 종교적인 콘텐츠를 나름의 방식으로 문학화하고 즐겼는지 『대당삼장취경시화』는 우리에게 잘 보여준다.

『대당삼장취경시화』는 일견 백화체의 쉬운 문장으로 보이지만 송대의 구어적인 표현이 자주 나오고 불교와 도교의 고유명사와 종교적인 요소도 다수 포함되어 있어 정확한 번역이 쉽지 않다. 그래서 본 역서에서는 불교와 도교 사전들과 『대당서역기』[3], 『돈황변문교주』[4], 『태평광기』[5] 등 관련 자료들을 참고하면서 번역의 정확도를 높이고자 많은 노력을 기울였다. 그러나 번역이 완성된 지금도 오역에 대한 우려와 아쉬움은 여전히 남는다. 이제 겸허한 마음으로 독자들의 날카로운 질정叱正을 기대하는 바이다.

마지막으로 이 책이 나오기까지 많은 분들의 조언과 격려가 있었음을 고백한다. 처음 『대당삼장취경시화』의 번역을 시작할 때 힘이

---

3 현장, 권덕주 역, 『대당서역기』, 서울 : 일월서각, 1983; 현장, 권덕녀 편역, 『대당서역기』, 파주 : 서해문집, 1989; 현장, 김규현 역주, 『대당서역기』, 서울 : 글로벌콘텐츠, 2013.
4 황정·장용천 교주, 전홍철·정병윤·정광훈 역, 『돈황변문교주』 1~6, 서울 : 소명출판, 2015.
5 이방, 김장환·이민숙 역, 『태평광기』, 고양 : 학고방, 2004.

되어준 정유선 선생님, 이현서 선생님께 감사드린다. 번역하는 과정에서 조언을 아끼지 않았던 최수경 선생님, 권운영 선생님, 정광훈 선생님께도 고마운 마음을 갖고 있다. 마지막으로 많지 않은 역자의 책 중에 벌써 두 권이나 인연을 맺게 된 소명출판의 대표님과 편집자 선생님께도 깊이 감사드린다.

2023년 새해를 맞으며
매봉산 자락에서
송정화 삼가 씀

차례

3   해제

『대당삼장취경시화』(상)

19   1번째 이야기 : 제목 누락
22   2번째 이야기 : 여행 중에 후행자猴行者를 만나다
29   3번째 이야기 : 대범천왕궁大梵天王宮에 가다
41   4번째 이야기 : 향산사香山寺에 가다
48   5번째 이야기 : 사자림獅子林과 수인국樹人國을 지나가다
57   6번째 이야기 : 긴 갱도와 대사령大蛇嶺을 지나가다

『대당삼장취경시화』(중)

71   7번째 이야기 : 구룡지九龍池에 가다
76   8번째 이야기 : 제목 누락
82   9번째 이야기 : 귀자모국鬼子母國에 가다
90   10번째 이야기 : 여인국女人國을 지나가다
105   11번째 이야기 : 왕모지王母池에 가다
116   12번째 이야기 : 침향국沉香國에 가다
119   13번째 이야기 : 바라내국波羅㮈國에 가다

『대당삼장취경시화』(하)

125   14번째 이야기 : 우발라국優鉢羅國에 가다
129   15번째 이야기 : 천축국天竺國에 가서 바다를 건너다
140   16번째 이야기 : 향림사香林寺로 이동하여『심경心經』을 받다
146   17번째 이야기 : 섬서陝西의 왕장자王長者의 처가 아들을 죽이다

167   왕국유王國維 발문
174   나진옥羅振玉 발문(1)
177   나진옥 발문(2)

179   찾아보기

上

대당삼장취경시화 상권

◎ **1번째 이야기**

번역 제목 누락

『대당삼장취경시화』상(上)

제목 누락 1번째 이야기

원문 누락

원문 제목 누락

『大唐三藏¹取經詩話』上²

[題原缺] 第一

[文原缺]³

---

1   삼장(三藏) : 현장(玄奘, 602~664). 중국 당(唐)나라의 승려이고 속성은 진(陳)이다. 중국 법상종(法相宗) 및 구사종(俱舍宗)의 시조이고 태종(太宗)의 명에 따라『대반야경(大般若經)』등 다수의 불전을 번역하였다. 저서에는『대당서역기(大唐西域記)』12권이 전한다.【宋】삼장(三藏)이란 원래 불교 전적의 총칭이며, 장(藏)의 원래 의미는 '물건을 담는 대나무 상자'이다. 불교에서는 불교의 모든 전적을 개괄할 때 이 말을 사용하고, '모든 책'의 뜻으로 쓴다. 삼장은 경장(經藏), 율장(律藏), 논장(論藏)의 세 부분으로 나뉘고, 각 장마다 대승(大乘)과 소승(小乘)의 구분이 있다. 불교사에서는 삼장을 모두 깨우쳤거나 역경(譯經)에 종사하는 승려를 '삼장법사(三藏法師)'라고 한다. 당나라의 현장도 당삼장(唐三藏)으로 자주 불렸다.【李蔡】
2   대자본(大字本)에서는 제6처(處) 이후부터 '신조대당삼장법사취경기권제일(新雕大唐三藏法師取經記卷第一)'로 되어 있다.【李蔡】
3   이 처(處)는 누락되어 있다.『대자은사삼장법사전(大慈恩寺三藏法師傳)』,『대당삼장현장법사행장(大唐三藏玄奘法師行狀)』등의 기록에 따르면 현장은 13

세에 출가해 20세에 구족계(具足戒, 역자 주 : 불교의 비구와 비구니가 지켜야 할 계율)를 받았다. 일찍이 각지를 두루 다니며 유명한 스승들을 찾아가 『열반 경(涅槃經)』 등의 경론을 배웠는데, 스승마다 풀이가 다르고 지역마다 경전도 다르다는 것을 알게 되었다. 이에 서쪽으로 가서 불법을 구해 의혹을 풀기로 결심했다. 그래서 "동료들을 모아서 표(表)를 올렸지만 황제는 허락하지 않았 다". "다들 포기했지만" 현장만은 태종(太宗) 정관(貞觀) 3년(629년)에 장안 (長安)을 몰래 출발해 서쪽으로 떠났다. 그러자 곧 조정에서는 수색 공문을 발 부해 현장이 가는 길목에 있는 주현(州縣)에 "반드시 엄히 지키고 있다가 체포 하라"고 명을 내렸다. 현장은 옥문관(玉門關)을 돌아 막하연적(莫賀延磧)을 지 나 이오(伊吾)에 이르러 서쪽으로 나아갔다. 그러므로 현장의 서행은 실은 태 종의 칙명에 따른 것이 아니었다. 그는 17년간 취경 길에 올랐다가 귀국하면서 우전(于闐)에서 황제에게 표를 올렸고, 태종은 칙명을 내려 그의 귀환을 맞이 하도록 했다. 이후에도 그는 태종의 예우를 받았으므로 그가 황제의 뜻을 어기 고 서행한 것은 이미 죄가 되지 않았다. 이 책에서는 삼장의 취경이 황제의 명 을 받들어 간 것이라고 여러 번 언급했는데, 사실은 불도(佛徒)가 불법을 찬양 하기 위한 것이었다. 이런 사실로 미뤄 볼 때 본 처(處)의 내용은 현장이 황제의 명을 받고, 태종과 신하들은 그를 전송하는 장면이었을 것이다. 명초 천일각 (天一閣) 초본(鈔本) 『녹귀부(錄鬼簿)』에는 원(元)대 오창령(吳昌齡)의 『당삼 장서천취경(唐三藏西天取經)』이 기록되어 있는데 그 극(劇)의 제목은 다음과 같다. "회회사람은 동루에서 부처를 외치고, 당삼장은 서천으로 가서 취경한다 (老回回東樓叫佛, 唐三藏西天取經)." 명나라 지운거사(止雲居士)가 펴낸 『만학 청음(萬壑淸音)』에는 「회회영승(回回迎僧)」, 「제후전별(諸侯餞別)」의 2절이 선록되어 있는데, 오창령의 잡극 가운데 사라진 곡들이다. 「회회영승」은 「쌍조 신수령(雙雕新水令)」투(套)이고, 원나라 잡극(雜劇)의 연투(聯套) 체례를 따 르면 제3절이나 제4절임에 틀림없다. 「제후전별」은 「선려점강순(仙呂點絳 脣)」투로, 선례에 따르면 수절(首節)이 분명하다. 「제후전별」에는 다음과 같 은 문장이 나온다. "당나라 천자는 살생과 전쟁이 너무 지나치자 500명의 승려 들에게 호국사에서 49일간 법회를 열게 했다. 그러자 하늘에서 남해관자재보 살이 내려와 말했다. '이 경전으로는 망령을 천도하기에 부족하고 오인도에 가 서 대장금경을 가져와야 한다.'(因唐天子殺伐太重, 命五百僧人在護國寺做了四 十九天道場. 從空中降下南海觀自在菩薩, 言曰, 此經不足超度亡靈, 除非是去五蔭 (印)度取大藏金經)" 현장은 이로 인해 황제의 명을 받들어 서행을 떠났고 대신 (大臣) 서세적(徐世勣), 위지공(尉遲恭) 등 8명이 배웅했다. 일반적인 상황에 비춰 추측해봤을 때 오창령의 저술은 전통적인 서유고사를 근거로 했으므로 『대당삼장취경시화』 제1처의 내용은 '취경연기(取經緣起)'와 '현장이 황제의 명을 받들고 사람들이 전송한 사건'을 서술했을 가능성이 크다.【李蔡】

번역 여행 중에 후행자猴行者를 만나다

삼장법사三藏法師 일행 여섯 명은 그날 길을 떠났다.

삼장법사가 말했다.

"이제 서천西天 천축국天竺國까지 백만 리 길을 가야 하니 각자 조심하고 신중하도록 해라."

소사小師가 알겠다고 응답했다. 나라 하나를 지나오자 마침 정오 무렵이 되었는데 백의수재白衣秀才 한 명이 동쪽으로부터 오더니 승려들에게 인사를 건넸다.

"안녕하십니까! 안녕하십니까! 스님들께서는 지금 어디로 가시는 길입니까? 또 서천에 경전을 구하러 가시는 건 아닌지요?"

삼장법사가 합장하며 말했다.

"저는 황제의 명을 받고, 아직 부처님의 가르침을 얻지 못한 동토東土의 중생을 위해 경전을 구하러 가는 길입니다."

수재가 말했다.

"스님께서는 생전에 두 차례 경전을 구하러 가셨다가 도중에 변을 당하셨지요. 이번에도 가신다면 죽음을 면치 못하실 겁니다."

삼장법사가 말했다.

"그걸 어떻게 아시오?"

수재가 말했다.

"저는 다름 아닌 화과산花果山 자운동紫雲洞의 84,000개의 구리머리와 철 이마를 지닌 원숭이 대왕입니다. 제가 이제부터 스님께서 경전을 구하러 가시는 것을 돕겠습니다. 여기서부터 백만 리 길을 가는데 36개국을 지나야 하고 도중에 고난도 많을 겁니다."

삼장법사가 대답했다.

"정말로 그렇다면 삼세三世에 걸친 인연이며 동토의 중생은 큰 덕을 보게 될 것이오."

그러고는 곧장 그를 '후행자'로 고쳐 불렀다. 승려 일행 7명이 다음날 함께 길을 떠나는데 후행자가 옆에서 삼장 일행을 모셨다.

후행자는 다음과 같이 시를 남겼다.

서천까지 백만 리 길
이제부터 대사를 모시고 가네.
참된 가르침 만나길 온 마음으로 기원하며
서천의 계족신鷄足山으로 함께 가네.

그러자 삼장법사가 시를 지어 답했다.

오늘은 전생과 인연이 닿은 날이니
오늘 아침에 과연 큰 현자를 만났구나.
가는 길에 요괴를 만난다면
신통함 발휘해 부처님 앞에서 제압해주길.

원문 行程遇猴行者⁴處⁵第二

僧行六人, 當日起行. 法師語曰, 今往西天⁶, 程途百萬, 各人謹愼. 小師⁷應諾. 行經一國已來⁸, 偶於一日午時, 見一白衣秀才⁹從正東而來,

---

4 후행자(猴行者) : 명대 소설『서유기(西遊記)』에 등장하는 손오공(孫悟空)의 원형이다.『서유기』의 용감무쌍하고 천방지축이며 환상적인 법술을 부리는 손오공은『대당삼장취경시화』에서 흰 옷을 입고 법술(法術)을 자유자재로 부리는 수재(秀才)로 나온다. 일본의 나가노 미요코(中野美代子) 교수는 후행자가 인도의 불교 경전인『라마야나』의 '하누만'에서 유래했고,『대당삼장취경시화』에 후행자의 모습이 등장하는 것은 인도의 불교 경전이 중국에 전래된 증거라고 주장했다.【宋】『석씨요람(釋氏要覽)』권상(上)에는 다음과 같은 문장이 나온다. "불교 경전에서는 대부분 수행자를 '행자'라고 부른다(經中多呼修行人爲行者)." 일반적으로 불교 사원에서 잡다한 일을 하면서 출가하지 않은 사람을 '행자'라고 부르거나 수행 다니고 참선하며 걸식하는 승려를 '행자'라고 부른다. 여기서는 원숭이 왕이 자발적으로 귀의했지만 아직 머리를 깎지 않은 채로 서천으로의 구법 여행에 참여했으므로 그를 '행자'라고 부른 것이다.【李蔡】

5 처(處) : 당나라 때에는 불교 사원에서 경전을 이야기로 풀어내는 변문(變文)이 유행했다. 변문은 승강(僧講)과 속강(俗講)으로 나뉘는데, '승강'은 주로 불교경전을 이야기로 풀고, 출가한 승려를 대상으로 했으며, '속강'은 불교 이야기를 강술하고 일반인을 대상으로 했다. 이후로 속강은 불교 고사를 주로 이야기하던 것에서 점차 역사와 민간전설을 이야기하는 것으로 확장된다. 형식에 있어서 변문은 대부분 운문(韻文)과 산문(散文)을 결합한 '운산결합'의 형식을 취했고, 하나의 완정한 고사를 서술했다. 이렇게 볼 때 변문은 내용면에서는 후대의 허구적인 소설과 비슷하다고 볼 수 있다. 그러나 변문은 당 이후로 더 이상 지어지지 않았고 문학사에서는 이후 변문을 계승한 문학 장르에 대하여 정확한 논의가 없었다. 학계에서는 변문의 '……처(處)'라는 상투어가『대당삼장취경시화』의 제목에 들어가 있는 것 등을 근거로 제시하면서 송대의『대당삼장취경시화』를 당대 변문을 내용과 형식면에서 계승한 화본(話本)으로 본다.【宋】

6 서천(西天) : 불교도의 이상국인 천축국 즉 옛 인도이다. 중국의 서쪽에 있으므로 이렇게 부른다.【宋】 왕(往)과 천(天) 두 글자는 원본에서는 모호하고 분명하지 않았는데 '상무인서관(商務印書館)'본과 '고전문학(古典文學)'본에서 전후 맥락에 따라 보충했다.【李蔡】

便揖和尚,

"萬福[10], 萬福! 和尚今往何處? 莫不是再往西天取經否?"

7　소사(小師) : 어린 나이에 출가했거나 계를 받기 900일 전의 승려이다. 일반적인 승려에 대한 호칭이기도 하다.【宋】『석씨요람』 권상 「사자소사(師資小師)」에는 다음과 같은 문장이 나온다. "계를 받기 900일 전이면 천축에서는 모두 소사라고 불렀다. (…중략…) 이는 불가에서 겸손하게 부르는 호칭이기도 하다 (受戒十夏以前, 西天皆稱小師 (…중략…) 亦通沙門之謙稱也)." 당대 이백(李白)의 「위두씨소사제선화상문(爲竇氏小師祭瑢和尙文)」에서는 소사가 삼장법사를 수행하는 승려를 가리킨다. 윗글에서 '승려 일행 6명(僧行六人)'이라고 한 것을 볼 때, 서쪽으로 가는 사람은 삼장법사 말고 소사 5명이 더 있었음이 분명하다.【李蔡】

8　이래(已來) : 당과 송대에는 '이래'에 여러 용법이 있어서, 시간을 표시하고 거리도 표시할 수 있었다. 여기서는 '이후'의 뜻이다. 돈황(敦煌) 변문 「여산원공화(廬山遠公話)」에 다음과 같은 문장이 나온다. "이에 노인은 스님에게 작별인사를 했고, 암자에서 곧장 100보를 걸어가더니 홀연히 사라졌다(于是老人辭却和尙, 去菴前百步已來, 忽然不見)." 또한 「한장왕릉변(漢將王陵變)」에는 다음과 같은 문장도 나온다. "그날 밤 서초패왕 항우(項羽)는 4경이 지나자 몸에 철갑옷을 둘렀다(其夜, 西楚霸王四更已來, 身穿金鉀)." 여기서는 '이래'를 '이후(以後)'로 쓰는 것이 가능하다.【李蔡】

9　백의수재(白衣秀才) : 과거에 낙방한 수재이다. '백의수재'의 호칭은 송대에 처음 보인다. 『수호전(水滸傳)』에도 백의수재 왕륜(王倫)이 나온다. 수재란 명칭은 남북조 시기에 과거제도가 시행되면서 처음 등장한다. 명청(明淸)대에 이르면 일반적인 독서인(讀書人)을 수재로 부르기 시작한다.【宋】

10　만복(萬福) : 『시경(詩經)』 「소아(小雅)」 '요소(蓼蕭)'에 "방울소리 서로 부딪혀 어우러지니 만복이 모이는구나(和鸞雝雝, 萬福攸同)"라는 구절이 나온 뒤로 보통 축복의 말로 쓰였다. 송과 원 이후로는 주로 여자들이 안부 인사를 건넬 때 사용했지만, 당나라 때에는 남녀가 예의를 갖출 때 모두 '만복'이라고 말할 수 있었다. 예를 들어 한유(韓愈)의 「여맹상서서(與孟尙書書)」에는 다음과 같은 구절이 나온다. "가을 이후로 침식이 어떠신지요? 평안하시길 바랍니다(未審入秋來眠食何似, 伏惟萬福)." 이는 곧 남자가 하는 말이고, 여기서의 용법과 같다. 변문에 더 많이 보이는데 예를 들어 「한장왕릉변」에는 다음과 같은 문장이 나온다. "노관이 응대하여 배무례(拜無禮)를 마치자 패왕이 물었다. '한왕께서는 근래 안녕하신가?' 그러자 '신의 군주께서는 근래 안녕하십니다'라고 대

法師合掌曰, "貧僧奉勅[11], 爲東土[12]衆生未有佛敎, 是取經也."

秀才曰, "和尚生前兩廻去取經, 中路遭難. 此廻若去, 千死萬死."

法師云, "你如何得知?"

秀才曰, "我不是別人, 我是花果山[13]紫雲洞[14]八萬四千銅頭鐵額[15]

답했다(盧綰得對, 拜舞禮訖, 霸王便問, 漢主來時萬福. 答曰臣來時萬福)." 「여산원공화」에는 다음과 같은 문장이 나온다. "곧바로 암자 앞으로 가더니 큰 소리로 '스님께 문안 인사드립니다!'라고 했고, 원공은 '안녕하십니까?'라고 인사했다(直至庵前, 高聲, 不審和尙. 遠公曰, 萬福)."【李蔡】

11 빈승봉칙(貧僧奉勅) : 『대당삼장취경시화』에서 현장은 당 태종(太宗)의 칙명을 받아 서천취경하는 것으로 나온다. 이는 『서유기』에서도 마찬가지이다. 『서유기』 제12회를 보면 당태종은 수륙양회(水陸兩會)를 성대하게 열고 서천으로 취경가는 현장을 위로하며, 현장은 황제의 칙명을 받고 당당히 출발한다. 그러나 실제 역사에 근거한 『대자은사삼장법사전(大慈恩寺三藏法師傳)』에 따르면 현장은 서천으로 출발하기에 앞서 당태종에게 천축으로 가는 통행허가증을 발급해줄 것을 여러 번 상소했으나 거부당했고 몰래 출국했다. 당시에 하서주랑(河西走廊) 일대를 돌궐족이 수시로 침입하여 당태종은 국경 일대의 출입을 금지하는 조서를 내렸다.【宋】

12 동토(東土) : 일반적으로 서역(西域)에 대해 중국을 지칭할 때 동토라고 했다. 전국(戰國)시기에는 진(秦) 외의 육국(六國)이 동쪽에 위치했으므로 동토라고 불렀다.【宋】

13 화과산(花果山) : 후행자가 미후왕(獼猴王)이 되어서 원숭이들을 다스린 산이다. 『서유기』에 따르면 손오공은 동승신주(東勝身洲)의 화과산 수렴동(水簾洞)에서 태어났다. 지금도 중국에는 화과산이 있는데 장쑤(江蘇)성 롄윈강(連雲港)시 윈타이(雲臺)산 속에 있다. 풍경이 아름다워 국가 AAAAA급 여행구역, 국가지질공원 등으로 지정돼 있다. 화과산은 『서유기』 때문에 유명세를 타서, 당, 송, 원, 명, 청대에 계속해서 사당과 탑이 축조됐고 지금도 유적이 많이 남아 있다.【宋】

14 자운동(紫雲洞) : 『서유기』에서는 자운동 대신 수렴동(水簾洞)으로 나온다.【宋】

15 동두철액(銅頭鐵額) : 구리 머리, 쇠 이마, 저항 정신의 공통점으로 인해 손오공의 원형을 치우(蚩尤)에서 찾는 학자들도 있다. 이에 대해서는 마쾅위안(馬曠源), 「손오공의 신화적 변천에 대한 논의-서유기에 대한 고증 3가지(論孫悟空的神話演變-西游記考證之三)」, 류솨이천(劉帥辰), 「서유기의 손오공 이미

獼猴[16]王. 我今來助和尚取經. 此去百萬程途, 經過三十六國, 多有禍難之處."

法師應曰, "果得如此, 三世有緣, 東土衆生獲大利益."

當便改呼爲猴行者. 僧行七人, 次日同行, 左右伏事[17].

猴行者乃留詩曰,

百萬程途向那邊, 今來佐助大師前.

一心祝願逢真教, 同往西天雞足山[18].

지에 대한 탐구(關于西游記中的孫悟空形象的探討)」등을 참고한다.【宋】『태평어람(太平御覽)』권79에는『용어하도(龍魚河圖)』를 인용한 다음과 같은 문장이 나온다. "치우는 형제가 81명인데 모두 동물의 몸을 하고 사람의 말을 하며, 구리로 된 머리와 쇠로 된 이마를 했다(蚩尤兄弟八十一人, 並獸身人語, 銅頭鐵額)."【李蔡】

16 미후(獼猴) : 원숭이의 일종이고 주로 중국 남부와 인도 등지에 서식한다.【宋】

17 복사(伏事) : 모시고 받드는 것이다. 복(伏)은 복(服)과 통한다. 『안씨가훈(顔氏家訓)』「교자(敎子)」에 다음과 같은 문장이 나온다. "자식이 점차 통달하려 하니 이로써 공경(公卿)을 섬기게 하려고 합니다(稍欲通解, 以此伏事公卿)." 변문「여산원공화」에는 다음과 같은 문장이 나온다. "그가 합장을 하고 스님께 아뢰었다. '제가 스님을 모신 지 여러 해가 지났습니다.'(合掌啓和尙曰, 弟子伏事和尙, 積載年深)"【李蔡】

18 계족산(鷄足山) : 계족산은 현재 중국의 AAAA급 풍경명승구(風景名勝區)이고, 불교 성지로 명성이 높다. 중국 10대 불교 명산 중 하나이다. 윈난(雲南)성 다리(大理) 바이(白)족 자치구 동쪽 빈촨(賓川)현에 위치하며 열대 건조기후에 속한다. 현장의 『대당서역기』에 따르면 가섭(迦葉)이 입적할 때가 되자 계족산에 들어갔다고 한다. 3개의 봉우리가 나란히 솟아 있는 것이 마치 닭의 발과 같아서 계족산이라고 부르게 되었다. 범어로는 Kukkuṭapāda-giri로 쓰고, 한자로는 굴굴타파타산(屈屈吒播陀山)으로 쓰며, 한글로는 꿋꾸따빠다산으로

三藏法師詩答曰,

此日前生有宿緣, 今朝果遇大明賢.
前途若到妖魔處, 望顯神通鎮佛前

적는다.【宋】가섭존자(迦葉尊者)가 입정한 산으로 전해진다. 마가다국(마게타국摩揭陀國)에 있었고 낭적산(狼蹟山)으로도 불렸다. 『대당서역기』 권9에는 다음과 같은 문장이 나온다. "막가하 동쪽으로 가면 큰 숲에 들어서게 되고, 100여 리를 가면 굴굴타파타산에 이르는데, 당나라 말로는 계족이라 한다. 구로파타산이라고도 하고, 당나라 말로는 존족이라고 한다(莫訶河東, 入大林野, 行百餘里, 至屈屈吒播陁山, 唐言鷄足, 亦謂褰盧播陁山, 唐言尊足)."【李蔡】

`번역` 대범천왕궁大梵天王宮에 가다

삼장법사가 탕수湯水에 도착했을 때 후행자에게 물었다.

"네 나이가 몇이냐?"

후행자가 대답했다.

"황하黃河의 물이 맑아지는 것을 9번이나 보았습니다."

삼장법사가 이 말을 듣고 자기도 모르게 실소를 터뜨리며 몹시 놀라 의심하면서 말했다.

"네 나이가 아직 어린데 어째서 그런 거짓말을 하는 것이냐?"

후행자가 말했다.

"제가 어리긴 하지만 살아온 세월이 엄청나서, 법사께서 전생에 2번 서천에 경전을 구하러 가셨다가 도중에 변을 당하신 것을 알고 있습니다. 법사께서는 2번이나 돌아가신 적이 있다는 걸 알고 계십니까?"

삼장법사가 말했다.

"모른다."

후행자가 말했다.

"제가 그 당시에는 불법이 완전치 않았고, 불가의 인연도 부족해 지금에서야 뵙게 된 것 같습니다."

삼장법사가 말했다.

"네가 만약 황하의 물이 맑아지는 것을 9번이나 보았다면 천상과 저승의 일도 알고 있단 말이냐?"

후행자가 대답했다.

"어찌 모르는 게 있겠습니까?"

삼장법사가 말했다.

"천상에서 오늘은 무슨 일이 있느냐?"

후행자가 말했다.

"오늘은 북방비사문대범천왕北方毗沙門大梵天王의 수정궁水晶宮에서 재회齋會가 열립니다."

삼장법사가 말했다.

"그럼 네 권세를 빌어 나도 함께 재회에 갈 수 있겠느냐?"

그러자 후행자는 삼장법사 일행에게 눈을 감으라고 하고 법술을 부렸다. 한참 있다가 눈을 떠보니 삼장 일행 7명이 모두 북방대범천왕궁北方大梵天王宮에 가있는 것이었다. 그곳에는 향기로운 꽃이 사방에 가득하고 온갖 공양 음식이 차려져 있으며, 북치고 연주하는 소리가 맑게 울리고 목어木魚는 높이 걸려 있었다. 500나한羅漢은 입가까지 눈썹을 늘어뜨린 채 모두 궁에 모여 있었고, 부처들은 설법을 하고 있었다.

문득 속세 사람의 기운이 갑자기 느껴지자 대범천왕이 물었다.

"오늘 어째서 속세 사람의 속된 기운이 느껴지는가?"

존자尊者가 대답했다.

"오늘 인간 세상의 대당국大唐國의 승려 현장玄奘 일행 7명이 수정재水晶齋에 참석했습니다. 그래서 속세 사람의 기운이 느껴지시는 겁니다."

그 때 대범천왕과 나한이 말했다.

"이 분은 삼생三生에 걸쳐 삼계三界와 육도六道의 생사윤회를 벗어났고 부처님의 가르침을 온전히 갖추셨도다!"

그러고는 인간 세상의 법사 현장에게 연단에 올라 불경을 강설해 달라고 청하였다. 삼장법사가 수정좌水晶座에 오를 것을 요청받아 오르려 했지만 오를 수가 없었다.

나한이 말했다.

"범속의 육신으로는 수정좌에 오르려 해도 오를 수 없으니 침향좌沉香座에 오르시지요."

삼장법사는 곧바로 침향좌에 올랐다.

나한이 물었다.

"오늘 법사께서 입궁해 주셔서 감사합니다. 법사께서는 불경 강설을 잘 하시는지요?"

삼장법사가 말했다.

"모든 경전을 다 강설할 수 있고 강설 못하는 경전은 없습니다."

나한이 말했다.

"『법화경法華經』을 강설하실 수 있는지요?"

삼장법사가 말했다.

"그건 쉬운 일입니다."

당시에 500명의 존자와 대범천왕, 1,000여 명의 사람들이 모두 모여 삼장법사의 강설을 경청했다. 현장은 거침없이 강설했고, 이는 마치 병에서 물이 쏟아지듯 현묘한 이치를 크게 깨우쳤다. 청중은 모두 그 놀라운 경지를 칭송했다. 삼장법사가 공양을 끝내고 작별을 고하자 나한이 말했다.

"법사께서는 2번이나 서천에 경전을 구하러 가신 바 있지만 불법이 완전치 않으셔서 늘 심사신深沙神에게 화를 당해 목숨을 잃으셨지요. 지금 운 좋게도 이곳 궁전에 오셨으니 대범천왕을 알현하고 불법을 청하신다면 장차 많은 고난을 면하실 수 있을 겁니다."

삼장법사와 후행자가 대범천왕에게 가서 아뢰고 불법을 청하자 대범천왕은 은형모隱形帽, 금환석장金鐶錫杖, 발우鉢盂를 내려주었다. 삼장법사는 3가지 물건을 모두 받았다.

삼장법사는 감사 인사를 한 뒤에 후행자를 돌아보며 물었다.

"어떻게 인간 세상으로 내려갈 수 있느냐?"

후행자가 말했다.

"지상으로 내려간다고 아직 말을 꺼내지 마십시오. 그보다 사부님은 대범천왕에게 앞으로 요괴를 만났을 때 이것들을 어떻게 사용해야 하는지 다시 여쭤 보십시오."

삼장법사가 다시 대범천왕에게 다가가 묻자, 대범천왕이 말했다.

"고난에 처했을 때 멀리 천궁을 가리키면서 '천왕天王이시여!'라고 크게 외치시오. 그러면 바로 효과가 나타날 것이오."

삼장법사는 그 뜻을 깨닫고 작별 인사를 했다. 후행자는 삼장법사와 함께 500나한에게 이별을 고했고 진인眞人을 만났다. 그 때 존자들이 일제히 배웅을 나와 모두 삼장법사가 경전을 구해 하루 빨리 돌아오기를 기원하였다.

존자들은 합장하면서 다음과 같이 칭송하였다.

수정재 끝나고 일찌감치 돌아가는데

팔 벌려 바람 따라가면 어려움 없으리.

그대가 500년을 살았고

예전에 수행하러 인간 세상으로 간 것을 알아야 하오.

삼장법사가 시를 지어 말했다.

동토의 중생은 불가의 인연이 부족하여

진심으로 불법을 청함에 주저함이 없네.

천궁에서 3가지 법기法器 내려주시니

가는 길에 요괴 물리치고 선을 행할 보배로다.

入大梵天王¹⁹宮第三

法師行程湯水之次²⁰, 問猴行者曰, "汝年幾歳?"

行者答曰, "九度見黃河淸²¹."

---

19 대범천왕(大梵天王): 브라흐마(梵天, Brahmā) 신이다. 바라문교(婆羅門敎)
    와 힌두교의 창조신이고 시바(Shiva), 비슈누(Vishnu)와 함께 힌두교의 3대
    신으로 말해진다. 불교가 출현하고 나서는 호법신(護法神)으로 흡수되었고,
    석가모니의 우협시(右脅侍)가 되어 흰 불자(拂子)를 들고 있다. 또한 색계(色
    界)의 초선천왕(初禪天王)이 되어 대범천왕으로 불렸다. 뒤의 문장에서는 그
    를 '북방비사문대범천왕(北方毗沙門大梵天王)'이라고 부른다. 비사문은 범어
    (梵語)의 음역으로, 원래는 옛 힌두교의 천신(天神)인 쿠베라(Kubera)인데 나
    중에 불교에 흡수돼 호법신인 '4대 천왕' 중 하나가 되고, 이름도 북방다문천왕
    (北方多聞天王)이 된 것 같다. 전설에 따르면 당 천보(天寶) 원년에 안서성(安
    西城)이 외국의 군대에게 포위됐을 때 비사천왕이 성의 북문루(北門樓)에 나
    타나 전투를 도왔다고 한다. 이에 현종(玄宗)이 각 도(道)의 성루에 그의 상을
    세우라고 명했고, 비사문천왕은 성당(盛唐) 시기부터 오대(五代)까지 열렬히
    숭배되었다. 불교에서는 경우에 따라 석가모니의 좌협시(左脅侍)를 길상천녀
    (吉祥天女)로, 우협시를 비사문천왕으로 부르기도 한다. 이로 인해 비사문천왕
    과 대범천왕이 합쳐져 소위 '북방비사문대범천왕'이 되니 『대당삼장취경시
    화』의 작자가 그들을 같은 인물로 혼동한 것이다.【李蔡】
20 차(次): '때', '시기'이다. 탕수(湯水)에 도착했을 때를 가리킨다. 아래의 제11
    처에서 "7명이 비로소 앉아 막 쉬려 할 때(七人纔坐, 正歇之次)"라고 했고, 제15
    처에서는 "서로 헤어질 때 저마다 눈물을 흘렸다(相別之次, 各各淚流)"라고 했
    는데, 이 때 '차'는 모두 '때'의 뜻이다. 돈황 변문에도 이러한 용례가 매우 많이
    나온다. 예를 들어 「한장왕릉변(漢將王陵變)」에는 다음과 같은 문장이 나온다.
    "신이 속아 말에서 내려 칙령을 받으려던 때에 말을 몰아 지나갔습니다(賺臣落
    馬受口勅之次, 決鞭走過)."【李蔡】
21 구도견황하청(九度見黃河淸): 황하가 맑아지는 것을 9번이나 봤다는 것은 셀
    수 없을 만큼 오래 살았다는 뜻이다. 예로부터 황하는 극심한 진흙탕물이어서,
    황하가 맑아지는 것을 바라는 것은 거의 불가능에 가깝다고 생각했다. 그래서
    중국에는 백년하청(百年河淸) 즉 백년의 시간을 기다려야 황하가 맑아진다는
    성어가 있을 정도이다.【宋】

法師不覺失笑, 大生怪疑, 遂曰, "汝年尚少, 何得妄[22]語?"

行者曰, "我年紀小, 歷過世代萬千, 知得法師前生兩廻[23]去西天取經, 途中遇害. 法師曾知兩廻死處無?"

師曰, "不知."

行者曰, "和尚蓋緣當日佛法未全, 道緣未滿, 致見如此[24]."

法師曰, "汝若是九度見黃河清, 曾知天[25]上地府[26]事否?"

行者答曰, "何有不知?"

法師問曰, "天上今日有甚事?"

行者曰, "今日北方毗沙門大梵天王水晶宮設齋[27]."

法師曰, "借汝威光, 同往赴齋否?"

行者教令僧行閉目, 行者作法. 良久之間, 纔始開眼, 僧行七人都在北方大梵天王宮了. 且見香花千座, 齋果萬種, 鼓樂嘹亮, 木魚[28]高掛.

---

22 망(妄) : 원래 첩(妾)으로 되어 있었는데 여기서는 상무인서관본과 고전문학본에 근거해 고쳤다.【李蔡】

23 회(廻) : 이 책에서는 회(廻), 회(回), 회(囬)가 모두 쓰였는데 모두 횟수를 나타내는 양사이다.【宋】

24 차(此) : 원래 불분명했는데 여기서는 상무인서관본과 고전문학본을 따랐다. 【李蔡】

25 천(天) : 원래 불분명했는데 여기서는 상무인서관본과 고전문학본을 따랐다. 【李蔡】

26 지부(地府) : 저승이다. 고대 중국인은 인간 세상 밖에 또 다른 세상인 지부가 있어서 관리들이 그곳에서 죽은 사람의 혼령을 다스린다고 믿었다.【宋】

27 재(齋) : 범어로는 Uposadha로 쓰고 한자로는 오포사타(烏逋沙他)로 음역한다. 법회 때 승려와 속인에게 음식을 대접하며 성대하게 불공을 드리는 것이다.【宋】

28 목어(木魚) : 불교의 법기이다. 불가에서는 물고기가 눈을 항상 뜨고 있는 것을 보고, 물고기 모양으로 조각을 만들어 늘 깨어 생각하도록 했다. 목어에는, 원

五百羅漢[29], 眉垂口伴[30], 都會宮中, 諸佛演法.

偶然一陣凡人氣, 大梵天王問曰, "今日因何有凡人俗氣?"

尊者答曰, "今日下界大唐國內有僧玄奘僧行七人赴水晶齋, 是致有俗人氣."

當時天王與羅漢曰, "此人三生出世[31], 佛教俱全."

형의 물고기 모양으로 만들어 예불할 때 음절을 조절하는 용도로 쓰는 것이 있고, 길쭉한 물고기 모양이어서 밥을 짓거나 중들을 집합시킬 때 확성기 용도로 쓰는 것이 있다. 여기서는 전자의 의미로 해석했다. 당대 사공도(司空圖)의 시 「상맥제사회구승(上陌梯寺懷舊僧)」에는 다음과 같은 구절이 나온다. "소나무 사이로 비치는 햇빛이 금불상을 비추고, 산바람은 목어를 울리네(松日明金像, 山風響木魚)."【宋】

29 500나한(五百羅漢) : 본래 의미는 아라한(阿羅漢)이고 범문의 Arhat을 한자로 음역한 것이다. 500나한은 원래 불교 교리를 수행한 사람이 도달할 수 있는 최고의 경지를 가리킨다. 나중에는 수행하여 아라한과(阿羅漢果)의 경지에 도달한 사람을 두루 가리켰다. 500나한의 전설은 불교 경전에 자주 보인다. 고대 인도에서는 500, 84,000 등의 숫자로 많음을 표현했는데, 이는 고대 중국인이 3과 9로 많음을 표현한 것과 비슷하다. 500비구, 500제자, 500아라한은 불교 경전에 자주 보이며, 실제로 500명을 의미하는 것은 아니다. 오대 시기에 16나한이 숭배되면서 500나한도 회화와 조각에 자주 등장했고, 사묘에도 500나한의 사당이 많이 세워졌다. 『대당서역기』 권3에 따르면 고목의 틈 안에 500마리의 박쥐가 살았는데 상인 무리들이 마침 이곳에 머물며 휴식을 취했다. 상인들이 불을 붙여 온기를 쬐다가 잘못해 고목으로 불이 옮겨 붙게 되었는데, 마침 한 상인이 손에 불경을 들고 외자, 박쥐들은 불길에 휩싸이면서도 경전 소리를 듣기 위해 버티다가 결국 불에 타 죽고 만다. 이 500마리의 박쥐가 사람으로 변해 과업을 이루고 500나한이 되었다고 한다.【宋】

30 반(伴) : ~가, 옆. 이런 용법은 변문에 자주 보인다.【李蔡】

31 삼생출세(三生出世) : 불교에서는 중생의 입장에서 지금의 삶을 금생(今生), 전세의 삶을 전세(前世), 목숨이 다 한 뒤의 삶을 내생(來生)이라고 하고 이를 합쳐서 삼생(三生)이라 한다. 출세는 삼계(三界)와 육도생사윤회(六道生死輪回)를 벗어난 세계이다.【李蔡】

便請下界法師玄奘陞座講經, 請上水晶座. 法師上之不得.

羅漢曰, "凡俗肉身, 上之不得. 請上沉香[32]座." 一上便得.

羅漢問曰, "今日謝師入宮. 師善講經否?"

玄奘曰, "是[33]經[34]講得, 無經不講."

羅漢曰, "會講法華經[35]?"

玄奘, "此是小事."

當時五百尊者, 大梵王, 一千餘人, 咸集聽經. 玄奘一氣講說, 如瓶注水, 大開玄妙. 衆皆稱讚不可思議[36]. 齋罷辭行.

---

32 침향(沉香) : 팥꽃나무과의 상록교목이다. 높이는 20미터 정도이며 잎은 두껍고 윤이 나며 긴 타원형이다. 인도와 동남아시아에 분포한다. 가남향(伽南香), 기남향(奇南香)으로도 불린다.【宋】

33 시(是) : 모든, 일체.【宋】「유마힐경강경문(維摩詰經講經文)」에는 다음과 같은 문장이 나온다. "모든 정권이 이미 태자에게로 귀속되어 모든 일에서 혼자 결정할 수가 없다(是政已歸於太子, 凡事皆不自專)." 여기서 '시'와 '범(凡)'이 호응을 이루며 같은 뜻이다.【李蔡】

34 경(經) : 원래 없었는데 여기서는 상무인서관본과 고전문학본에 따라 보충했다.【李蔡】

35 『법화경(法華經)』 : 범어로는 sadd harma-pundarīka-sūtra이다. 『법화경』은 초기 대승(大乘) 경전을 대표하며, 인도에서 B.C. 1세기부터 A.D. 2세기경에 성립된 것으로 보인다. 『법화경』에는 3종의 한문 번역본이 존재하는데 인도의 고승인 구마라습(鳩摩羅什)이 번역한 『묘법연화경(妙法蓮華經)』(406년)이 가장 유행했다.【宋】 『법화경』은 곧 『묘법연화경』이며, 부처의 설법이 청정하고 미묘함을 연꽃에 비유해 명명한 것이다. 『법화경』은 석가모니 설법의 유일한 목적이 중생으로 하여금 부처와 같은 지혜를 얻게 하여 모든 사람이 성불(成佛)하도록 하는 것임을 말한다. 또한 『법화경』만이 성불할 수 있는 일승(一乘)의 법이고 다른 가르침은 중생이 일승의 법을 수용할 수 있도록 인도하는 방법에 지나지 않는다고 설명한다.【李蔡】

36 불가사의(不可思議) : 불교용어이고 매우 오묘하다는 뜻이다.【李蔡】

羅漢曰, "師曾兩廻往西天取經, 爲佛法未全, 常被深沙神[37]作孽, 損害性命. 今日幸赴此宮, 可近前告知[38]天王, 乞示佛法, 前去免[39]得多難."

法師與猴行者近前咨告請法. 天王賜得隱形帽[40]一事[41], 金鐶錫杖[42]

---

37 심사신(深沙神) : 심사신은 소설 『서유기』에 나오는 삼장법사의 3번째 제자인 사화상(沙和尙) 즉 사오정(沙悟淨)의 원형이다. 『서유기』의 사오정은 유사하(流沙河)에 살며 『대당삼장취경시화』의 심사신과는 사막의 요괴라는 공통점을 지닌다. 『서유기』 제22회의 사오정에 대한 묘사는 이 책에 비해 훨씬 자세하다. 사오정은 머리가 온통 불꽃처럼 빨간 털로 덮여있고, 부리부리한 눈에 푸르고 칙칙한 얼굴을 했으며, 우레 같은 목소리에 목에는 해골 9개를 늘어뜨린 채 보물지팡이를 들고 있는 무시무시한 모습으로 묘사되어 있다. 【宋】 서행 길의 사막의 재난이 의인화되어 만들어진 신마(神魔)의 명칭인 것 같다. 『대자은사삼장법사전(大慈恩寺三藏法師傳)』에는 다음과 같은 글이 나온다. "막하연적이라는 사막은 길이가 800여 리나 되어 옛날에는 '사하'라 불렸다. 하늘에는 새도 날지 않고, 땅에는 짐승도 다니지 않으며 물과 풀도 없다(莫賀延磧, 長八百餘里, 古曰沙河, 上舞飛鳥, 下無走獸, 復無水草)." 현장이 서행했을 때 막하연적 사막에서 곤경에 처해 목숨이 위태로웠던 적이 있어 "심사신이 요술을 부렸다(深沙神作孽)"고 한 것 같다. 【李蔡】

38 지(知) : 원래 불분명했는데 여기서는 상무인서관본과 고전문학본에 따랐다. 【李蔡】

39 면(免) : 원래 불분명했는데 여기서는 상무인서관본과 고전문학본에 따랐다. 【李蔡】

40 은형모(隱形帽) : 모자를 쓰면 모습이 사라지는 불교의 법보(法寶)이다. 『대당삼장취경시화』에서는 대범천왕이 후행자에게 하사한 법보로 나온다. 은형모는 원대 잡극(雜劇)에 이르면 철계고(鐵戒箍)로 변하고, 소설 『서유기』에서는 긴고아(緊箍兒)로 바뀐다. 은형모는 후행자가 삼장법사를 도와 요괴를 물리칠 때 유용하게 쓰이지만, 철계고와 긴고아는 삼장법사가 손오공의 머리를 조여 고통을 줄 때 사용하는 속박 도구이다. 【宋】

41 사(事) : 당(唐), 송(宋) 시기에 상용됐던 양사이다. '~개', '~가지'의 뜻이다. 【李蔡】

42 금환석장(金鐶錫杖) : 범문 Khākkhara의 음역이고, 승려가 짚고 다니는 지팡이 즉 석장(錫杖)을 말한다. 『대당삼장취경시화』의 '금환석장'은 『서유기』에서는 구환석장(九環錫杖)으로 나온다. 『서유기』 제8회에서 여래불(如來佛)이 관음보살(觀音菩薩)에게 금란가사(金襴袈裟), 구환석장, 금고아(金箍兒), 긴

一條, 鉢盂**43**一隻. 三件齊全, 領訖.

法師告謝已了, 回頭問猴行者曰**44**, "如何得下人間?"

行者曰, "未言下地. 法師且更咨問天王, 前程有**45**魔難處, 如何救用?"

法師再近前告問. 天王曰, "有難之處, 遙指**46**天宮大叫天王一聲, 當

고아(緊箍兒), 금고아(禁箍兒)의 5가지 보물을 준다. 이 석장은 위쪽에 9개의
고리가 달렸고, 들고 있으면 독과 해를 피할 수 있으며 요마의 공격을 받지 않
는다. 구환석장은 『서유기』 제12회에서 관음보살의 보물로 재등장하며 당태
종이 관음보살로부터 받아 삼장법사에게 하사하는 것으로 나온다.【宋】 석장은
불교의 18물(物) 중 하나이고 범어로는 극기라(隙棄羅)이며, 한자로는 석장
(錫杖)이라고 한다. 석석(錫錫)하고 소리가 나는 것을 본 땄다. 성장(聲杖), 명
장(鳴杖)으로도 불린다. 『득도제등석장경(得道梯橙錫杖經)』에는 다음과 같은
문장이 나온다. "부처가 비구에게 말했다. '너희는 마땅히 석장을 지녀야 하는
데, 그 이유가 무엇인가? 과거, 미래, 현재의 모든 부처들이 지니고 있어서이다.
또한 지장이라고도 하는데 이는 성스러운 지혜를 분명히 보여주고 있어서이
다. 덕장이라고도 부르는데, 이는 도덕의 근본을 수행하고자 공을 들이기 때문
이다. 이는 성인의 표지이고 현사의 분명한 기록이며 도덕의 올바른 표식이다
(佛告比丘, 汝等當受持錫杖, 所以者何. 過去, 未來, 現在諸佛皆執故. 又名智杖, 彰
顯聖智故. 亦名德杖, 行功德本故. 聖人之表幟, 賢士之明記, 道德之正幢)." 그러나
석장은 실제로는 승려가 길을 가거나 보시를 얻을 때 사용하던 기물이었고, 원
래는 문을 두드리고 개나 소를 막을 때 쓰였다. 『비나야잡사毘奈耶雜事』34에
는 다음과 같은 글이 나온다. "석장의 머리 부분에는 잔의 주둥이처럼 생긴 둥
근 고리가 달려 있고 작은 고리가 달려 있는데 흔들면 소리가 나 정신이 번쩍
든다(杖頭安環圓如盞口, 安小環子, 搖動作聲而警覺)." 소위 금환석장이란 석장
의 머리 부분의 고리가 금으로 된 것을 말한다.【李蔡】

43 발우(鉢盂) : 원래 불분명했는데 여기서는 상무인서관본과 고전문학본을 따랐
다.【李蔡】

44 왈(曰) : 원래 불분명했는데 여기서는 상무인서관본과 고전문학본을 따랐다.
【李蔡】

45 유(有) : 원래 불분명했는데 여기서는 상무인서관본과 고전문학본을 따랐다.
【李蔡】

46 지(指) : 뜻, 의미.【宋】

有救用."

法師領指, 遂乃[47]拜辭. 猴行者與師同辭五百羅漢, 合會真人[48]. 是時, 尊者一時[49]送出, 咸願法師取經早廻. 尊者合掌頌曰,

水晶齋罷早廻還, 展臂從風去不難.
要識弟兄生五百, 昔曾行脚到人間.

法師詩曰,

東土衆生少佛因, 一心迎請不逡巡[50].
天宮授賜三般法, 前路摧魔作善珍.

---

47 수내(遂乃) : 이에, 곧.【宋】같은 의미의 단음절 부사인 수(遂)와 내(乃)를 연용한 것이다. 돈황 변문 「오자서변문(伍子胥變文)」에는 다음과 같은 문장이 나온다. "그 아내는 간절함을 보고서 문을 열어 받아들였다(其妻旣見慇懃, 遂乃開門納受)."【李蔡】

48 진인(眞人) : 『장자(莊子)』「천하(天下)」에는 다음과 같은 문장이 나온다. "관윤과 노담은 예전의 위대한 진인이다(關尹, 老聃乎, 古之博大眞人哉)."『초사(楚辭)』「구사(九思)」'애세(哀歲)'에서 "진인을 따라 하늘에서 훨훨 난다(隨眞人兮翶翔)"고 했고, 왕일(王逸)은 주에서 "진은 신선이다(眞, 仙人也)"라고 했다. 나중에 중국의 도가(道家)에서는 득도했거나 신선이 된 사람을 '진인'이라 불렀다. 이것이 불가에서 차용되어 신선의 의미를 지니게 된 것이다.【李蔡】

49 일시(一時) : 함께, 일제히. 범위를 나타내는 것이지, 시간을 가리키는 것은 아니다. 돈황 변문 「오자서변문」에는 다음과 같은 문장이 나온다. "일제히 발을 굴러 예를 올리고 껄껄 웃으며 모두들 '군왕께서 위엄을 갖추셨다'고 말했다(一時舞道(蹈)呵呵, 咸言君王有威)." 앞 구절의 일시(一時)와 뒤 구절의 함(咸)이 대응을 이루며, 그 의미는 같다.【李蔡】

50 준순(逡巡) : 주저하는 것이다.【李蔡】

◎ 4번째 이야기

[번역] 향산사香山寺에 가다

비스듬히 이어진 길을 오르다가 향산香山으로 불리는 산 하나를 만났다. 이곳은 천수천안보살千手千眼菩薩의 땅이고 문수보살文殊菩薩이 수행을 한 곳이다. 고개를 들어보니 절의 현판이 보이는데 '향산사'라고 적혀 있었다. 삼장법사와 후행자는 절문으로 들어가 쉬지 않을 수 없었다. 문 아래쪽 좌우에는 금강金剛이 보였는데 기운이 드세고 기상이 용맹하며, 예스러운 자태에 마르고 매서우며 위풍당당했다. 삼장법사는 금강을 보자 온몸에서 땀이 나며 모공이 송연해졌다.

후행자가 말했다.

"사부님! 경내로 드시어 한번 둘러보시지요."

그래서 후행자와 함께 절 안으로 들어갔다. 절 안에는 아무도 없었다. 오래된 건물이 우뚝 서 있고 향기로운 풀이 펼쳐져 있으며, 맑은 바람이 솨하고 불었다. 삼장법사는 생각했다. '지금 이 안은 어째서 이렇게 적막한 것일까?'

후행자는 스승의 마음을 알아채고 말했다.

"사부님! 서쪽 길이 고요하고 아무도 없다고 의아해 하지 마십시오. 이곳은 별세계입니다. 앞으로 우리가 가야할 길은 온통 호랑이, 승냥이, 뱀과 토끼로 가득하고, 마주치는 사람마다 말을 하지 않을 것이며, 온갖 외롭고 두려운 일만 있을 겁니다. 가는 길에 만나는 사람들은 모두 요사스런 무리일 거고요."

삼장법사는 그 말을 듣자 냉소를 띠며 고개를 숙였다. 주위를 둘러보고 서로 확인한 뒤에 곧장 출발했다.

계속 100리를 가다가 후행자가 말했다.

"사부님! 계속 가면 사자국蛇子國이라는 곳입니다."

한편 큰 뱀과 작은 뱀이 무수히 서로 엉켜 어지럽게 흩어져 있는 것이 보였다. 큰 뱀은 1마리가 1장丈 6척尺 크기이고 작은 것은 한 마리가 8척인데, 등불처럼 눈을 부릅뜨고 칼날 같은 이빨을 드러내며 불같은 기세를 뿜어냈다. 삼장법사는 그걸 보고 뒷걸음치며 당황해했다.

후행자가 말했다.

"사부님! 놀라지 마세요. 나라이름이 뱀이어서 이렇게 뱀이 많고 크기도 다양하지만 모두 불성佛性을 지니고 있어 사람과 마주쳐도 공격하지 않고 사람을 보아도 해치지 않습니다."

삼장법사는 말했다.

"만약 그렇다면 모두 네 위력 덕분이구나."

그러고는 계속해서 앞으로 나아갔다. 크고 작은 뱀들이 삼장법사 일행 7명이 다가오는 것을 보자 모두 길을 비켜주었고 눈을 감은 채 머리를 숙이니 지나가는 사람 어느 누구도 다치지 않았다. 또 40여 리를 갔는데도 온통 뱀의 마을이었다.

후행자가 말했다.

"사부님! 내일은 사자림獅子林과 수인국樹人國을 지나갈 겁니다."

삼장법사가 말했다.

"다른 일들은 아직 말하지 말거라. 그래야 잠시라도 맘 편하게 지낼 수 있지 않겠느냐?"

7명이 가던 길을 멈추고 쉬는데 일순간 땀이 비 오듯 쏟아졌다.

삼장법사가 시를 지어 말했다.

뱀 마을 수십 리를 지나오니
맑게 갠 아침에 적막한 향산이 보이네.
가는 길에 더 많은 고난 있을지니
오로지 중생 위해 불가의 인연을 구하네.

入香山寺第四

　迤邐[51]登程, 遇一座山, 名號香山[52], 是千手千眼菩薩[53]之地, 又是文殊菩薩[54]修行之所. 擧頭見一寺額, 號香山之寺. 法師與猴行者不免進

51　이리(迤邐) : 구불구불 이어진 모양이다.【宋】

52　향산(香山) : 범문(梵文)의 의역이다. 불교 전설에서는 이곳을 섬부주(瞻部洲)에서 가장 높은 곳의 중심이라고 여긴다. 『대당서역기(大唐西域記)』 첫머리의 '서론'에 다음과 같은 글이 나온다. "섬부주 한가운데에 있는 연못을 마나사로바(Manasarova, 아나바답다지)라고 한다. 당나라 때에는 무열뇌라고 했다. 예전에는 아누달지라고도 했는데 와전된 것이다. 향산의 남쪽과 대설산의 북쪽에 있으며 둘레는 800리이다(瞻部洲之中地者, 阿那婆答多池也, 唐言無熱惱. 舊言阿耨達池, 訛也. 在香山之南, 大雪山之北, 周八百里矣)." 옛날에 향산은 곤륜산(崑崙山)을 가리켰고, 총령(葱嶺, 파미르고원)을 가리키기도 했으며, 히말라야산의 마나사(mānāsa) 호수 북쪽 기슭을 가리킨다는 설도 있다. 중국의 불교 전설에 따르면 묘장왕(妙莊王)의 딸 묘선(妙善)은 뜻을 세우고 수행을 하여 나중에 향산 자죽림(紫竹林)에서 관세음보살(觀世音菩薩)이 됐다고 한다. 명(明)나라 무명씨의 전기(傳奇) 극본인 『향산기(香山記)』가 그 내용을 매우 자세하게 풀어냈다.【李蔡】

53　천수천안보살(千手千眼菩薩) : 천수관음(千手觀音), 대비관음(大悲觀音)으로도 불린다. 지옥도(地獄道) 중생의 장애물을 파괴하는 역할을 하며 1,000개의 손과 1,000개의 눈을 가진 모습으로 표현된다. 조각이나 그림에서는 1,000개의 손과 1,000개의 눈을 일일이 표현하기 어려우므로 일반적으로 좌우 양쪽에 20개씩 모두 40개의 손으로 표현했다. 40개의 손에는 각각 눈이 있고, 손에는 각기 다른 물건이 쥐어져 있다. 불교의 세계관에서는 지옥에서 천상까지를 25단계로 나누므로 25단계의 중생을 구제한다고 생각하면 40×25 즉 1,000개의 손과 눈이 필요하게 되는 것이다. 천수천안이란 일체의 중생을 제도하는 큰 역할을 함을 표현한 것이다. 특히 지옥의 고통을 해탈케 하여 모든 소원을 이뤄준다고 한다.【宋】 관음보살을 말한다. 관세음은 범문의 의역이고 중국 불교의 4대 보살 중 하나이다. 불교에는 각기 서로 다른 명칭과 형상의 관세음이 있다. 당대 금강지(金剛智)가 번역한 『천수천안자재보살광대원만무대비다라니주경(千手千眼自在菩薩廣大圓滿無大悲陀羅尼咒經)』에 따르면 관세음이 모든 중생을 이롭게 하겠다고 맹세하자 1,000개의 손과 1,000개의 눈이 생겨났다고 한다.【李蔡】

上寺門歇息. 見門下左右金剛[55], 精神猛烈, 氣象生獰[56], 古貌楞層[57], 威風凜冽. 法師一見, 遍體汗流, 寒毛卓豎[58].

---

54 문수보살(文殊菩薩) : 문수는 범문의 음역인 문수사리(文殊師利)의 약칭이고 불교 보살의 이름이며, 중국 불교의 4대 보살 중 하나이다. 석가(釋迦)의 좌협시(左脅侍)이고 지혜를 주로 담당하며, 이성을 다스리는 우협시(右脅侍)인 보현(普賢)과 일반적으로 함께 언급된다.【李蔡】

55 금강(金剛) : 금강역사(金剛力士)를 말한다. 사찰이나 불전의 문 또는 불상 등을 지키는 불교의 수호신이다. 탑이나 사찰의 문 양쪽을 지키는 수문장 역할을 하고, 인왕역사(仁王力士)로도 불린다. 금강역사는 여래의 비밀스러운 사적을 알고 500야차(夜叉)를 거느리며 천불(千佛)의 법을 수호한다.【宋】

56 생녕(生獰) : 용맹하고 위엄 있는 것이다. 「오자서변문」에는 다음과 같은 문장이 나온다. "수많은 철갑기병들이 다투어 내달리고 용사는 용맹하게 적진을 돌파했다(鐵騎磊落已(以)爭奔, 勇夫生寧而競透)." 여기서 생녕(生寧)은 즉 생녕(生獰)이다.【李蔡】

57 능층(楞層) : 마르고 앙상하며 매서운 모습【宋】 능층(稜層)이다. 『집운(集韻)』에 따르면 릉(稜)은 릉(楞)의 속어이다. 능층(稜層)은 비교적 자주 보이고 첩운(疊韻) 연면사(連綿詞)이며, 산봉우리가 높게 솟은 모습을 가리킨다. 예를 들어 송지문(宋之問)의 「숭산천문가(嵩山天門歌)」에는 다음과 같은 구절이 나온다. "산봉우리가 높이 솟은 것이 용 비늘 같네(峰稜層以龍鱗)." 그런데 사람의 외모를 묘사하는 데 쓰이기도 한다. 예를 들어 『법원주림(法苑珠林)』 권9에는 다음과 같은 문장이 나온다. "외모가 장대한데 늘 수척하고 허기져 있으며 모습이 비루하다. 매번 독기로 인해 두려울 정도로 야위고 놀라울 정도로 삐쩍 말랐다(形容長大, 恒弊饑虛, 體貌粗鄙, 每懷膩毒, 稜層可畏, 擁聳驚人)." 돈황 변문 「유마힐경강경문(維摩詰經講經文)」에는 다음과 같은 문장이 나온다. "높이 솟은 산세에 피로함을 많이 느껴, 처량한 사람은 병을 얻었다. 그대들은 내 모습이 보잘 것 없는 걸 보고 이 몸의 무상함을 알았을 것이다(稜層嶽色多羸枕, 慘溪人煙到病牀. 汝等觀吾形狀劣, 參差應見我無常)." 「항마변문(降魔變文)」에는 다음과 같은 문장이 나온다. "추악하고 사나운 모습이었고 (…중략…)보는 사람은 모두 머리카락이 쭈뼛 곤두섰다(形容醜惡, 軀貌拐曾 (…중략…) 見者寒毛卓竪)." 본문에 비춰봤을 때 괴증(拐曾)은 능층(楞層)인 것 같다. 괴(拐)는 릉(楞)의 형태와 비슷해 잘 못 쓴 것이고 증(曾)은 층(層)과 통한다. 이상의 용례를 종합해 보면 능층(楞層)은 마르고 앙상하여 두려울 정도라는 뜻이 분명하다.【李蔡】

58 탁수(卓豎) : 모골이 송연한 것. 털끝이 쭈뼛해질 정도로 두렵고 끔찍한 것.【宋】

猴行者曰, "請我師入寺內巡賞一迴."

遂與行者同入殿內. 寺內都無一人. 只見古殿巍峩, 芳草連緜, 清風颯颯.

法師思惟, '此中得恁[59]寂寞?'

猴行者知師意思, 乃云, "我師莫訝西路寂寥. 此中別是一天. 前去路途盡是虎狼蛇兔之處, 逢人不語, 萬種恓惶[60]. 此去人煙都是邪法."

法師聞語, 冷笑低頭. 看遍周迴[61], 相邀便出.

前行百里, 猴行者曰, "我師前去地名蛇子國."

且見大蛇小蛇, 交雜無數, 攘亂紛紛. 大蛇頭高丈[62]六, 小蛇頭高八

탁(卓)은 꼿꼿이 서는 것이다. 돈황 변문 「오자서변문」에는 다음과 같은 문장이 나온다. "부인은 꼿꼿이 서서 생각을 살폈다(婦人卓立審思量)."【李蔡】

59 임(恁) : 어째서.【宋】

60 서황(恓惶) : 외롭고 두려운 고난.【宋】 변문에서 이런 용법을 자주 볼 수 있는데 예를 들어 「오자서변문」에는 다음과 같은 문장이 나온다. "아우가 지금 어디로 가는지 알 수 없고, 나 홀로 남아 외롭고 두렵겠지(不知弟今何處去, 遺吾獨自受恓惶)." "모든 아우들의 전신이 무슨 죄를 지었는지, 이 외로움을 겪네(共弟前身何罪, 受此孤恓)." 이상의 2구는 모두 오자서의 누이가 한 말이고, 서황(恓惶)과 고서(孤恓)가 같다는 것을 보여준다. 또한 "나는 외롭고 두려워 의지해 숨을 곳이 없네(使我恓惶沒投竄)." "나 홀로 남아 의지할 곳이 없네(使我孤遺無所投)."라고 했다. 이상은 모두 오자서의 자백이고, 서황(恓惶)과 고유(孤遺)가 같음을 알 수 있다. 또한 "의지할 데 없으니 나 홀로 외롭고 두렵네(零丁遺我獨恓惶)"라고 한 것도 마찬가지이다.【李蔡】

61 주회(周迴) : 주위, 주변.【宋】 변문에서는 보통 주회(周迴)라고 썼으며 「항마변문」에는 다음과 같은 문장이 나온다. "수닷타를 뒤딸린 채 곧장 정원에 이르러 주위를 둘러보니 이전과 달라진 것은 없었다(與須達相隨, 直至園所, 周迴顧望, 與本無殊)."【李蔡】

62 장(丈) : 길이의 단위이며 1장은 10척(尺)이다. 1척은 대략 30cm이고 10촌(寸)이다.【宋】

尺, 怒眼如燈, 張牙如劍, 氣吐火光. 法師一見, 退步驚惶.

猴行者曰, "我師不用驚惶. 國名蛇子, 有此衆蛇虫[63], 大小差殊, 且緣皆有佛性, 逢人不傷, 見[64]人不害."

法師曰, "若然如此, 皆賴小師威力."

進步前行. 大小蛇兒見法師七人前來, 其蛇盡皆避路, 閉目低頭, 人過一無所傷[65]. 又行四十餘里, 盡是蛇鄉.

猴行者曰, "我師明日又過獅子林及樹人國."

法師曰, "未言別事, 且得平安過了." 七人停息, 一時汗流如雨.

法師乃留詩曰,

行過蛇鄉數十里, 清朝寂莫[66]號香山.

前程更有多魔難, 只爲衆生覓佛緣.

---

63 충(虫) : 대자본에서는 충(虫)으로 썼고, 리스런(李時人)과 차이징하오(蔡鏡浩)의 교주본에서는 충(虫)으로 썼다. 여기서는 리스런과 차이징하오의 교주본에 근거해 충(虫)으로 썼다.【宋】

64 인(人) : 대자본에서 물(物)로 썼고 고전문학본에서도 그것을 따랐는데 이렇게 해도 의미는 통한다.【李蔡】

65 상(傷) : 대자본에서는 해(害)로 썼다.【李蔡】

66 막(寞) : 원래 막(莫)으로 되어 있었는데 지금은 대자본에 근거해 고쳤다.【李蔡】

번역 사자림獅子林과 수인국樹人國을 지나가다

아침에 일어나 삼장법사 일행 7명은 대략 10리를 갔는데 후행자가 말하였다.

"사부님! 계속 가시면 바로 사자림입니다."

이 말이 끝나기도 전에 바로 사자림에 도착했다. 기린은 빠르게 달리고, 사자는 쩌렁쩌렁 포효하며 꼬리와 머리를 흔들면서 숲에서 나와 삼장법사 일행을 맞이했다. 입에는 향기로운 꽃을 물고 모두 와서 공양을 했다. 삼장법사가 합장하며 앞으로 나아가자 사자는 머리를 들고 가는 길을 전송했다. 50여 리를 가자 온통 기린이었다. 그러고 나서 가다가 황야에 이르렀다. 삼장법사는 사자왕의 접대에 답례했다.

후행자가 말했다.

"사부님! 계속 가시면 또 수인국이 나옵니다."

수인국에 들어서자 모두 1,000년 된 마른 나무, 10,000년 된 돌, 용 같이 생긴 소나무와 잣나무, 호랑이를 닮은 돌덩어리로 가득했다. 산속에 절이 하나 있는데 스님들은 보이지 않았다. 봉황 같은 야생 닭, 용 같은 들개가 보였다. 문 밖에는 2개의 금교金橋가 있고 다리 아래에는 온통 금실 같은 물이 흐르고 있었다. 붉은 해가 서쪽으로 지는데 어디에도 여관은 보이지 않았다.

후행자가 말했다.

"그냥 계속 가시지요. 그러려니 하시고 걱정하지 마십시오."

오육십 리를 더 갔더니 작은 집이 하나 있어 일행 7명은 여기서 하루를 묵었다.

다음날 아침에 일어나서 7명은 탄식을 했다.

"밤새 이곳은 정말 괴이했어요!"

그러고는 시종에게 찬거리를 사다 음식을 만들라고 하였다.

여관 주인이 말했다.

"이곳 사람들은 요술을 부릴 수 있어 일찍 돌아와야 합니다."

삼장법사는 이 말을 아직 믿지 않는 눈치였다. 어린 시종은 찬거리를 사러 가서 정오가 됐는데도 돌아오지 않았다.

삼장법사가 말했다.

"걱정이 되는구나. 어린 시종이 찬거리를 사러 나가 정오가 됐는데도 돌아오지 않으니 이곳 사람들의 요술에 걸려든 게 아니냐?"

후행자가 말했다.

"제가 가서 찾아보면 어떨까요?"

삼장법사가 말했다.

"그럼 좋지! 아주 좋지!"

후행자가 몇 리를 다니며 수소문한 끝에 고기잡이배가 나무에 달려있고 도롱이가 문에 걸린 집을 발견했다. 어린 시종은 요술에 걸려 나귀로 변해서 그 집 대청 앞에 걸려 있었다. 나귀는 후행자를 보자 다급하게 울부짖었다.

후행자는 집주인에게 물었다.

"제 어린 시종이 찬거리를 사고서 어디로 갔나요?"

주인은 말했다.

"오늘 아침에 어린 시종이 이곳에 왔다가 지금 내 요술에 걸려 나귀로 변해 보다시피 이곳에 있소."

후행자는 순간 화가 폭발했고, 16세 정도의 아주 아름답고 서시西施처럼 나긋나긋한 주인집 아내에게 요술을 부렸다. 그녀는 한 다발 풀로 변해 나귀의 입으로 들어갔다.

주인이 말했다.

"내 신부는 어디 갔소?"

후행자가 말했다.

"나귀 입가의 한 다발 풀이 바로 당신 아내요."

주인이 말했다.

"그렇군! 당신도 요술을 부릴 줄 안단 말이지? 나는 이런 요술을 부릴 수 있는 사람이 아무도 없을 줄 알았소. 이제 사형께 고하니, 내 아내를 돌려놓으시오!"

후행자가 말했다.

"당신도 내 어린 시종을 돌려놓으시오!"

주인이 물을 한 입 가득 뿜으니 나귀는 바로 시종으로 변했다. 후행자도 물을 한 입 뿜자 풀 더미가 주인집 아내로 변했다.

후행자는 말했다.

"나로 말할 것 같으면 오늘 승려 7명이서 이곳을 지나던 길이고,

함부로 요술을 부리지 않소. 만약 당신이 고의로 요술을 부린다면 당신 집안을 송두리째 없애버리겠소!"

주인은 앞으로 나와 절하며 사죄했다.

"어찌 감히 뜻을 거스르겠습니까?"

전전긍긍하며 시를 지어 사과했다.

시종이 오늘 아침 여기에 왔을 때
어찌다보니 요술부려 나귀로 변하게 했네.
지금부터 나한羅漢되어 공손히 명을 따르니
가문의 화를 면하게 되었네.

후행자도 시를 지어 말했다.

요술을 멋대로 부려서는 안 되니
나는 황허黃河가 9번 맑아지는 걸 봤도다.
곧 내 사부님이 이곳을 지나가시니
정성을 다해 공손히 맞으라.

早起, 七人約行十里, 猴行者啓[67], "我師, 前去即是獅子林."

說由[68]未了, 便到獅子林. 只見麒麟[69]迅速, 獅子[70]峥嵘[71], 擺尾搖頭, 出林迎接, 口銜香花, 皆來供養[72]. 法師合掌[73]向前, 獅子舉頭[74]送出. 五十餘里, 盡是麒麟. 次行又[75]到荒野之所, 法師回謝獅王迎送.

猴行者[76]曰, "我師前去又是樹人國."

---

67 계(啓) : 윗사람에게 여쭙는 것이다.【宋】

68 유(由) : 아직, 여전히.【宋】

69 기린(麒麟) : 고대 중국의 전설 속에 등장하는 상상의 동물이다. 수컷을 기(麒), 암컷을 린(麟)이라 했다. 기는 뿔이 없고 린은 이마에 뿔이 있다. 용의 머리, 사슴의 몸, 소의 꼬리, 말의 발굽과 갈기를 섞어 놓은 형태이다. 예로부터 상서로운 길조로 여겨져 고대 중국의 전적과 예술 작품에 자주 등장했다. 명대 정화(鄭和)의 동남아시아와 아프리카 원정 이후 긴 목 사슴(장경록(長頸鹿))이 조공품으로 들어왔고, 이것을 기린으로 호칭하기 시작했다.【宋】

70 사자(獅子) : 고대 중국에서 사자는 용맹함과 위엄을 상징하는 상서로운 동물이었다. 『명사』의 기록에 따르면 중국 본토에서는 나지 않아 주로 서역으로부터 공물로 들어왔는데 특히 중앙아시아의 사마르칸트(撒馬兒罕)로부터 사자를 조공 받았다.【宋】

71 쟁영(峥嵘) : 사자의 모습이 일반적인 모습과 다름을 표현한 것이다. 돈황 변문 「유마힐경강경문(維摩詰經講經文)」에 다음과 같은 문장이 나온다. "만약 훌륭한 법술과 멋진 당이 있다면, 쩌렁쩌렁 사자후처럼 강론을 펼칠 것이다(若有善法寶堂中, 開論峥嵘師子吼)." '쟁영'으로 사자를 표현한 것은 결코 우연이 아니다.【李蔡】

72 공양(供養) : 불교에서 신불(神佛)에게 공양드리거나 음식을 차려놓고 승려를 초대하는 것이다.【李蔡】

73 장(掌) : 원래는 당(堂)으로 되어 있었는데 모양이 비슷해 잘못 기록한 것이고, 지금은 대자본에 근거해 고쳤다.【李蔡】

74 두(頭) : 대자본에는 신(身)으로 되어 있다.【李蔡】

75 우(又) : 원래 유(有)로 되어 있었는데 지금은 대자본에 근거해 고쳤다. '우'와 '유'는 고대에 일반적으로 통할 수 있었다.【李蔡】

76 자(者) : 원래 누락돼 있었는데 지금은 대자본에 근거해 보충했다.【李蔡】

入到國中, 盡是千年枯樹, 萬載石頭, 松柏如龍, 頑石似虎. 又見山中有一村寺, 並無僧行. 只見林雞似鳳, 山犬如龍, 門外有兩道金橋, 橋下盡是金綫水. 又覩紅日西斜, 都無旅店.

猴行者曰, "但請前行, 自然不用憂慮."

又行五六十里, 有一小屋, 七人遂止宿於此.

次[77]早起來, 七人嗟嘆, "夜來此處甚是蹊蹺[78]."

遂令行者前去買菜做飯. 主人曰, "此中人會妖法, 宜早廻來."

法師由尚[79]未信. 小行者去買菜, 至[80]午不廻.

法師曰, "煩惱我心. 小行者出去買菜, 一午不見廻來, 莫是被此中人妖法定也?"

猴行者曰, "待我自去尋看如何?"

法師曰, "甚好! 甚好!"

猴行者一去數里借問, 見有一人家, 魚舟繫樹, 門掛蓑衣. 然小行者被他作法, 變作一個驢兒, 吊在廳前. 驢兒見猴行者來[81], 非常叫喊[82].

---

77 차(次): 원래는 취(取)로 되어 있었는데 지금은 대자본을 따라 고쳤다.【李蔡】
78 계교(蹊蹺): 교계(蹺蹊)와 같다. 교계는 괴이하고 수상쩍다는 뜻이다.【宋】
79 유상(由尚): 유(由)와 상(尚) 모두 '아직', '여전히'의 뜻이다.【宋】
80 지(至): '지'는 원래 분명하지 않았는데 지금은 대자본에 근거했다. 상무인서관본에서는 일(一)로 썼는데 역시 통하며, 아래 문장의 "정오가 됐는데도 돌아오는 것이 보이지 않았다(一午不見回來)"는 것과 부합된다.【李蔡】
81 여아견후행자래(驢兒見猴行者來): 앞에 여아(驢兒) 두 글자가 없었는데, 지금은 대자본에 근거해 고쳤다. 이 두 글자가 없어도 통하지만 문장의 의미가 이 두 글자를 첨가해야 더 분명해진다.【李蔡】
82 함(喊): 함(喊)의 속자이다. 『광운(廣韻)』에 "함은 호람절이다(喊, 呼覽切)"로 되어 있고, 『자보쇄금(字寶碎金)』에 "담은 호함절이다(喊, 呼陷切)"로 되어 있

猴行者便問主人, "我小行者買菜, 從何去也?"

主人曰, "今早有小行者到此, 被我變作驢兒, 見[83]在此中."

猴行者當下怒發, 卻將主人家新婦[84], 年方二八, 美貌過人, 行動輕盈, 西施難比[85], 被猴行者作法, 化此新婦作一束青草, 放在驢子口伴[86].

主人曰, "我新婦何處去也?"

猴行者曰, "驢子口邊青草一束, 便是你家新婦."

主人曰, "然! 你也會邪法. 我將爲[87]無人會使此法. 今告師兄, 放還我家新婦."

猴行者曰, "你且放還我小行者."

主人噀[88]水一口, 驢子便成行者. 猴行者噀水一口, 青草化成新婦.

어서 당시에 같은 음이었음을 알 수 있다. 돈황 변문 「한금호화본(韓擒虎話本)」에서 "깃발을 휘두르며 크게 함성을 쳤다(掖旗大嗷)"고 했고, 『봉씨문견기(封氏聞見記)』 권5에서 "100명이 일제히 함성을 쳤다(百人齊聲嗷叫)"고 한 것이 그 증거이다.【李蔡】

83 견(見) : 현(現)과 통한다.【李蔡】
84 신부(新婦) : 젊은 아내 혹은 며느리이며, 여기서는 젊은 아내로 해석했다.【宋】 돈황 변문 「추호변문(秋胡變文)」에 다음과 같은 문장이 나온다. "9년간 독수공방한 네 아내를 볼 면목이 없구나(愧汝新婦, 九年孤眠獨宿)." 『수신기(搜神記)』에는 다음과 같은 문장이 나온다. "시어머니는 며느리가 빨리 가버릴 것이 두려워, 대청 문을 굳게 지키라고 명했다(阿婆恐畏新婦飛去, 但令牢守堂門)." 【李蔡】
85 비(比) : 원래 차(此)로 되어 있었는데 지금은 대자본에 근거해 고쳤다.【李蔡】
86 반(伴) : ~가, 주변. 이 책의 '3번째 이야기'의 주를 참고.【宋】
87 장위(將爲) : '여기다', '마음먹다'. 장(將)은 '장래'의 뜻을 표현하는 것은 아니다. 「동영변문(董永變文)」에는 다음과 같은 글이 나온다. "그 자리에서 모두 태워버리려고 마음먹었는데 찾아보니 60장이나 되었다(將爲當時總燒却, 檢尋却得六十張)." 당과 오대 시기의 관용어이다.【李蔡】
88 손(噀) : 뿜다.【宋】

猴行者曰, "我即今有僧行七人, 從此經過, 不得妄⁸⁹有妖法. 如敢故使妖術, 須⁹⁰教你一門剗草除根."

主人近前拜謝, "豈敢有違."

戰戰兢兢, 乃成詩謝曰,

行者今朝到此時, 偶將妖法變驢兒.

從今拱手阿羅漢⁹¹, 免使家門禍及之.

猴行者乃留詩云,

莫將妖法亂施呈, 我見黃河九度淸.

相次⁹²我師經此過, 好將誠意至祇迎⁹³.

---

89 망(妄) : 원래 첩(妾)으로 되어 있었는데 지금은 대자본을 따라 고쳤다.【李蔡】
90 수(須) : 반드시.【宋】
91 아라한(阿羅漢) : 나한(羅漢).【宋】 범문을 음역한 고유 명칭이며, '나한'은 아라한의 간칭이다.【李蔡】
92 상차(相次) : 오래지 않아, 곧.【宋】 차(次)는 원래 순서를 가리킨다. '상차'는 '곧바로', '순서대로'의 뜻이고, 이로부터 매우 짧은 시간 이후의 장래라는 뜻이 파생되었다. 『대당삼장취경시화』 제17처에는 다음과 같은 문장이 나온다. "얼마 안 있어 앞쪽의 강물이 불어나면 치나에게 누대에 올라 강을 바라보라고 하십시오(相次前江水發, 可令癡那登樓看水)." 여기서 '상차'는 오래지 않음을 가리킨다.【李蔡】
93 기영(祇迎) : 공손히 맞이함.【宋】 기(祇)는 지(祇)로 써야 한다. 『설문(說文)』에서 "지는 공경하는 것이다(祇, 敬也)"라고 했다. 변문 「착계포전문(捉季布傳文)」에는 다음과 같은 문장이 나온다. "죄를 짓고 그대를 찾아 공손히 문안 올린다(擔愆負罪來祇候)." 『대당삼장취경시화』 제9처에는 다음과 같은 문장이 나

온다. "돌아오시는 날에 공손히 차와 국을 준비하겠습니다(回日祇備茶湯)." '기비'는 공손히 준비하는 것이다. 기(祇)와 지(祇)는 점 하나의 차이이므로 쉽게 혼용된다. 원문의 저(低)에도 점 하나가 빠져있는 것이 그 증거이다.【李蔡】

번역 긴 갱도와 대사령大蛇嶺을 지나가다

다음으로 화류요火類坳와 백호정白虎精에 이르렀다. 곧장 가다가 큰 갱도를 만났는데 사방의 문이 갑자기 컴컴해지면서 우레가 쾅쾅 치고 앞으로 나아갈 수가 없었다. 삼장법사는 즉시 금환장金鐶杖으로 멀리 천궁을 가리키며 크게 소리쳤다.

"천왕天王이시여! 고난에서 구해주십시오!"

홀연히 금환장 위로 빛이 나와 5리까지 퍼지더니 긴 갱도를 쏘아 부숴 금세 지나갈 수 있게 되었다.

다음으로 대사령에 도착했다. 용처럼 생긴 큰 뱀이 있었는데 사람을 해치지는 않았다. 그러고는 화류요를 지나갔는데 구덩이 아래쪽에서 바라보면 구덩이 위쪽에 유골 한 구가 있는 것이 보였으며 구덩이의 길이는 40여 리에 이르렀다.

삼장법사가 후행자에게 말했다.

"산꼭대기의 흰 유골 한 구는 눈처럼 희구나."

후행자가 말했다.

"그곳은 영명英明하신 태자께서 신선이 되신 곳이지요."

삼장법사가 이 말을 듣고 합장하며 머리가 땅에 닿도록 절을 한 뒤에 떠났다. 그리고 나서 갑자기 며칠 동안 들불이 발생했고, 화염이 크게 일어나더니 더 이상 나아갈 수가 없었다. 그래서 발우鉢盂로 한번 비추고 "천왕이시여!"라고 외치자 불이 즉시 꺼졌고, 7명은 구덩이를 편히 지나갈 수 있었다.

반쯤 지나가는데 후행자가 말했다.

"사부님은 이 고개에 백호정이 있다는 걸 아시는지요? 백호정은 자주 요괴로 변해 사람을 잡아먹습니다."

삼장법사가 말했다.

"나는 몰랐구나."

한참이 지나 산봉우리 뒤로 구름과 안개가 짙게 깔렸고, 비가 가늘게 흩뿌렸다. 안개비 사이로 흰 옷을 입은 여인이 나타났는데 몸에는 흰 비단 옷을 걸치고, 허리에는 흰 비단 치마를 둘렀으며, 손에는 흰 모란꽃 한 송이를 들고 있었다. 얼굴이 마치 흰 연꽃 같았고, 열 손가락은 옥처럼 희었다. 이 요상한 자태를 보자 후행자는 의심스럽고 괴이한 마음이 들었다.

후행자가 말했다.

"사부님! 걸음을 멈추십시오. 저건 필시 요괴가 틀림없으니 제가 가까이 가서 성과 이름을 물어보겠습니다."

후행자는 요괴를 보자 언성을 높여 호통을 쳤다.

"너는 어느 지역 요괴이고 어디서 온 정령이냐? 오랫동안 요괴로 있으면서 어찌하여 네 거처로 속히 돌아가지 않느냐? 만약 요괴라면 썩 꺼지고, 사람이면 즉시 통성명을 하자. 만약 주저하고 말하지 않는다면 항마저降魔杵로 너를 죽여 고운 가루로 만들어버리겠다!"

흰 옷을 입은 여인은 후행자가 험악하게 말하는 것을 보고 천천히 앞으로 나와 빙그레 미소를 머금고는 삼장 일행이 어디로 가는지를 물었다.

후행자는 말했다.

"우리 갈 길을 묻지 마라! 우리는 동토東土의 중생일 뿐이다. 너는 화류요의 우두머리 백호정이 틀림없으렷다!"

여인이 그 말을 듣자 입을 벌려 소리를 질렀고, 별안간 얼굴 가죽이 갈라지면서 주름이 생기고 손톱이 드러나며 이빨이 뻗어 나왔다. 꼬리를 치고 머리를 흔드는데 신장은 1장丈 5척尺이나 되었다. 막 정신을 차려보니 산은 온통 흰 호랑이로 가득했다. 후행자는 금환장을 가지고 야차夜叉로 변신했는데, 머리로는 하늘을 이고 발로는 땅을 밟으며 손으로는 항마저를 잡았다. 몸은 청남 빛으로 푸르고, 머리카락은 주사朱砂처럼 붉으며, 입으로는 100장丈 멀리까지 빛을 뿜었다. 그 때 백호정이 포효하며 앞으로 다가와 대적했는데 후행자에게 밀려 후퇴했다. 반나절이 지나자 마침내 후행자는 백호정에게 항복 여부를 물었다.

백호정은 말했다.

"항복하지 않겠다!"

후행자가 말했다.

"만약 네가 항복하지 않으면 네 뱃속에 원숭이 한 마리가 들어가 있는 걸 보게 될 것이다!"

백호정은 이 말을 듣고도 즉시 항복하지 않았다. 후행자가 "원숭이여!" 하고 외치니, 원숭이가 백호정의 뱃속에서 응답했다. 후행자가 백호정의 입을 벌리게 하니 입에서 원숭이 한 마리가 튀어 나와 앞에 섰는데, 키가 1장 2척이고 두 눈빛은 이글거렸다.

백호정은 다시 말했다.

"나는 항복하지 않겠다!"

후행자가 말했다.

"네 뱃속에 원숭이가 하나 더 있다!"

다시 백호정의 입을 벌리게 하니 원숭이가 하나 더 튀어나와 앞에 섰다.

백호정이 다시 말했다.

"항복하지 않겠다!"

후행자가 말했다.

"네 뱃속에 무수히 많은 원숭이가 들어 있어 오늘부터 내일까지, 이번 달부터 다음 달까지, 올해부터 내년까지, 이번 생부터 다음 생까지 아무리 토해내도 끝나지 않을 것이다!"

백호정은 이 말을 듣고 화가 치밀었다. 후행자는 커다란 돌덩어리로 변하여 백호정의 뱃속으로 들어가 점점 더 커졌다. 후행자가 백호정에게 토해내라고 해도 입을 벌려 토해낼 수가 없었고 결국 백호정의 뱃가죽이 찢어지면서 온몸에 난 7개의 구멍에서 피가 흘러내렸다. 야차들에게 큰 소리로 호통을 치자 일제히 나서서 백호정을 죽였는데, 백호정의 크고 작은 뼈들이 가루가 돼 부서지고 흔

적도 없이 사라졌다. 삼장법사 일행은 법술을 거두고 잠시 쉬었다
가 다음 여정에 오르기로 하고 다음과 같이 시를 남겼다.

화류요의 우두머리 백호정
모두 흔적도 없이 사라지니 영원히 평안하리라.
이제 후행자가 신통함 드러내어
삼장 일행 보호하며 큰 갱도 지나가네.

過長坑⁹⁴大蛇嶺處第六

行次至火類坳⁹⁵白虎精. 前去遇一大坑, 四門陛⁹⁶黑, 雷聲喊喊, 進

步不得. 法師當⁹⁷把金鐶杖⁹⁸遙指天宮, 大叫"天王救難!"

忽然杖上起五里毫光, 射破長坑, 須臾便過.

次入大蛇嶺⁹⁹, 且¹⁰⁰見大蛇如龍, 亦無傷人之性.

---

94 장갱(長坑) : 길이가 긴 갱도.【宋】『대당서역기』권6에 따르면 스라바스티(Sra-
   vasti, 실라벌실저국(室羅伐悉底國))에는 세 군데의 깊은 갱도가 있는데 하나는
   "제바닷타(Jevadātha, 제바달다(提婆達多))가 독약으로 부처를 살해하려다 산
   채로 지옥에 빠진 곳(提婆達多欲以毒藥害佛, 生身陷入地獄處)"이고, 또 하나는
   "구가리 비구가 여래를 비방하다가 산 채로 지옥에 빠진 곳(瞿伽梨苾芻毁謗如來,
   生身陷入地獄處)"이며, 또 하나는 "친차(Cincha, 전차(戰遮)) 브라만 여인이 여
   래를 비방하다가 산 채로 지옥에 빠진 곳(戰遮婆羅門女毁謗如來, 生身陷入地獄
   處)"이다. "무릇 이 세 갱도에는 구멍이 나 있는데 벼랑의 밑이 없다. 가을과
   여름에는 장마가 지고 웅덩이는 범람하는데, 이 깊은 갱도에는 물이 멈춘 적이
   없었다(凡此三阬, 洞無崖底. 秋夏霖雨, 溝池泛濫, 而此深坑, 嘗無水止)"라고 했다.
   『대당삼장취경시화』에서 말한 '장갱'은 여기에서 유래한 것 같다.【李蔡】
95 화류요(火類坳) : 요(坳)는 움푹 팬 구덩이고, 화류요는 불꽃이 타오르는 구덩
   이다. 『서유기』의 화염산(火焰山)은 『대당삼장취경시화』의 화류요 이야기에
   서 유래했다. 『대당삼장취경시화』에 따르면 화류요를 지날 때 "갑자기 며칠 동
   안 들불이 발생했고, 화염이 크게 일어나더니 더 이상 나아갈 수가 없었다. 그
   래서 발우로 한번 비추고 '천왕이시여!'라고 외치니 즉시 불이 꺼졌다"고 했다.
   이 이야기는 『서유기』에서 화염산의 불이 꺼지지 않아 철선공주(鐵扇公主)가
   파초선(芭蕉扇)으로 불을 끄는 내용과 비슷하다.【宋】
96 주(陛) : 갑자기.【宋】
97 당(當) : 즉시.【宋】『대당삼장취경시화』제1처에는 다음과 같은 문장이 나온
   다. "즉시 후행자로 바꿔 불렀다(當便改呼爲猴行者)." 당(當)이 편(便)과 연용
   되면 '즉시'의 의미가 더 분명해진다.【李蔡】
98 금환장(金鐶杖) : 앞의 '3번째 이야기'에서 대범천왕(大梵天王, 브라흐마)이
   내려준 3가지 보물 중의 하나이다. 원래 이름은 금환석장(金鐶錫杖)이다. 자세
   한 내용은 앞의 주를 참고.【宋】
99 령(嶺) : 원래 령(領)으로 되어 있었는데 지금은 대자본에 의거해 고쳤다.【李蔡】

又過[101]火類坳, 坳下下望, 見坳上有一具枯骨[102], 長四十餘里.

法師問猴行者曰, "山頭白色枯骨一具如雪."

猴行者曰, "此是明皇太子[103]換骨[104]之處."

法師聞語, 合掌頂禮[105]而行.

又忽遇一道野火連天, 大生煙焰, 行去不得. 遂將缽盂一照, 叫"天王"一聲, 當下火滅, 七人便過此坳.

欲經一半, 猴行者曰, "我師曾知此嶺[106]有白虎精否? 常作妖魅妖[107]怪, 以至喫人."

師曰, "不知."

良久, 只見嶺後雲愁霧慘, 雨細交霏. 雲霧之中, 有一白衣婦人, 身掛白羅[108]衣, 腰繫白羅裙, 手把白牡丹花一朶, 面似白蓮, 十指如玉.

---

100 차(且) : 원래 목(目)으로 되어 있었는데 오류이다. 지금은 대자본에 의거해 고 쳤다.【李蔡】

101 과(過) : 원래 '과'자가 빠져 있었는데 지금은 대자본에 의거해 고쳤다.【李蔡】

102 요하하망(坳下下望)과 견요상유일구고골(見坳上有一具枯骨)은 서로 모순이다. 중간에 하(下)자가 하나 더 들어간 것은, 대자본에서 첫 번째 '하'자 다음에서 바로 행이 바뀌는 바람에 글자가 잘못 끼어들어간 것 같다. 이 구는 '요하망견요 상유일구고골(坳下望見坳上有一具枯骨)'이 되어야 한다.【李蔡】

103 명황태자(明皇太子) : 고유명사는 아니고, 뛰어나고 현명한 태자라는 의미이 다. 태자를 높여 말한 것이다.【宋】

104 환골(換骨) : 도가에서 인간의 속골(俗骨)을 선골(仙骨)로 바꾸는 것이다. 즉 신선이 되는 것을 말한다.【宋】

105 정례(頂禮) : 무릎을 꿇고 두 손으로 땅을 짚은 채 존경하는 사람의 발에 머리를 닿도록 절하는 최고의 공경을 표시하는 예이다.【宋】

106 령(嶺) : 원래 령(領)으로 되어 있었는데 지금은 대자본을 따랐다.【李蔡】

107 요(妖) : 앞의 '요'자는 대자본에 근거해 호(狐)로 썼다.【李蔡】

108 라(羅) : 원래 '라'자가 빠져 있었는데 대자본에 근거해 보충했다.【李蔡】

覿此妖姿, 遂生疑悟[109].

猴行者曰, "我師不用前去, 定是妖精. 待我向前問他姓字."

猴行者一見, 高聲便喝, "汝是何方妖怪, 甚處精靈? 久爲妖魅, 何不速歸洞府? 若是妖精, 急便隱藏形跡, 若是人間閨閤, 立便通姓道名. 更若躊躇不言, 杵滅[110]微塵粉碎[111]."

白衣婦人見行者語言正惡, 徐步向前, 微微含笑, 問師僧一行往之何處.

猴行者曰, "不要問我行途, 只爲東土衆生. 想汝是火類坳頭白虎精, 必定是也."

婦人聞語[112], 張口大叫一聲, 忽然面皮裂皴, 露爪張牙, 擺尾搖頭, 身長丈五. 定醒之中, 滿山都是白虎. 被猴行者將金鐶杖變作一個夜

---

109 오(悟) : 괴이함. '오'자는 괴(怪)자가 잘못 쓰인 것으로 추정된다.【宋】 의괴(疑怪)는 자주 보인다. 『대당삼장취경시화』 제3처에는 다음과 같은 문장이 나온다. "삼장법사가 자기도 모르게 실소를 터뜨리고 몹시 괴이하게 생각했다(法師不覺失笑, 大生怪疑)." 괴의(怪疑)는 의괴(疑怪)의 도치이고, 동어반복에는 이렇게 글자 순서가 도치되는 예가 자주 있다. 괴는 보통 괴(恠)로 쓰는 경우가 많고 오(悟)와 모양이 비슷하다.【李蔡】
110 저멸(杵滅) : 저는 항마저(降魔杵)이고, 저멸은 항마저를 가지고 요마를 제거하는 것.【宋】 저는 원래 옛날 인도 병기의 일종이고 항마저는 불가(佛家)의 신장(神將)이 자주 사용하는 병기 이름이다. 예를 들어 「항마변문」에는 다음과 같은 문장이 나온다. "항마저 위로 붉은 빛이 타오르고, 지혜도의 가장자리에는 서리와 눈이 일어났다(降魔杵上火光生, 智惠刀邊起霜雪)."【李蔡】
111 미진분쇄(微塵粉碎) : 가루처럼 부서져 작은 먼지가 되는 것을 말한다. 「항마변문」에는 다음과 같은 문장이 나온다. "근육과 뼈가 가루처럼 부서져 작은 먼지가 되었다(肋骨粉碎作微塵)."【李蔡】
112 어(語) : 대자본도 이 책과 동일하게 되어 있다. 고전문학본에서는 언(言)으로 고쳐 썼는데 근거가 없다.【李蔡】

叉[113], 頭點天, 腳踏地, 手把降魔杵[114], 身如藍靛青[115], 髮似硃[116]沙,

口吐百丈火光. 當時白虎精哮吼近前相敵, 被猴行者戰退. 半時, 遂問

虎精甘伏未伏.

虎精曰, "未[117]伏!"

---

113 야차(夜叉) : 불법을 수호하는 초자연적인 힘을 지닌 귀신이다. 고대 인도어 야
크사Yaksa를 한자로 음역한 것이고 약차(藥叉)라고도 불리며, 힌두교 경전인
『베다』에 나온다. 원래는 북방의 산악지대에 사는 쿠베라 신의 부하이자 사람
을 잡아먹는 귀신이었는데, 불교에서 팔부신중(八部神衆)의 하나가 되어 나찰
(羅利) 등과 함께 북방다문천왕(北方多聞天王, 비사문천왕(毘沙門天王))의 부
하가 되었다. 야차의 무서운 성격이 강조된 신이 라크샤사(Raksasa) 즉 나찰
(羅利)이다. 야차는 초자연적인 힘을 가지고 가공할만한 마력을 지녔지만 열심
히 공양을 하는 사람에게는 재물과 후손을 내리는 선악의 성격을 공유했다. 야
크샤는 남신이고, 여성신은 야크시니(Yaksini, Yaksi)이며 한자로는 약차녀
(藥叉女), 야차녀(夜叉女)로 음역한다. 야크시니는 불교에서 가리제모(訶梨帝
母), 귀자모신(鬼子母神)으로 변형되며, 지모신(地母神)이자 수신(樹神)의 성
격을 지녔다. 야차는 사자, 코끼리, 호랑이, 사슴, 말, 낙타, 양 등의 동물의 모습
을 했고 큰 머리에 마르고 작은 몸집을 지녔다. 머리는 하나인데 얼굴은 2개에
서 4개까지로 표현된다. 방패와 창, 삼지창과 검을 잡고 있고, 철퇴, 칼, 막대를
잡고 울부짖으며 공포심을 조성한다.【宋】
114 항마저(降魔杵) : 불교에서 요마(妖魔)를 항복시키는 법기이다. 금강항마저
(金剛降魔杵), 범림보파저(梵林普巴杵)로도 불린다. 한쪽 끝은 금강저(金剛杵)
이고 또 다른 끝은 쇠로 된 삼릉저(三棱杵)이며 가운데에는 삼불상(三佛像)이
있다. 삼불상은 각각 웃는 모습, 화내는 모습, 욕하는 모습을 하고 있다. 이 법기
는 보통 요마를 항복시키는 술법을 수련할 때 사용되며, 귀신, 요마, 저주의 폐
해를 막아 위난(危難)을 제거한다. 고대 인도의 병기이고, 티베트 불교에서는
법기로 쓰인다. 저(杵)는 원래 절구에 곡식을 빻거나 찧을 때 사용하는 공이를
가리키므로 항마저도 절굿공이 모양으로 표현된다.【宋】
115 전청(靛青) : 청남색의 안료.【宋】
116 주(硃) : 불분명하다. 대자본에서는 주(珠)로 썼고 지금은 고전문학본을 따랐
다.【李蔡】
117 미(未) : 대자본에서는 불(不)로 썼다.【李蔡】

猴行者曰, "汝若未伏, 看你肚中有一個老獼猴."

虎精聞說, 當下未伏. 一叫"獼猴", 獼猴在白虎精肚內應. 遂敎虎精開口, 吐出一個獼猴, 頓在面前, 身長丈二, 兩眼火光.

白虎精又云, "我未伏!"

猴行者曰, "汝肚內更有一個!"

再令開口, 又吐出一個, 頓在面前.

白虎精又曰, "未伏!"

猴行者曰, "你肚中無千無萬[118]個老獼猴, 今日吐至來日, 今月吐至後[119]月, 今年吐至來年, 今生吐至來生[120], 也不盡."

白虎精聞語, 心生忿怒. 被猴行者化一團大石, 在肚內漸漸會大. 敎虎精吐出, 開口吐之不得, 只見肚皮裂破, 七孔[121]流血. 喝起夜叉, 渾門[122]大殺, 虎精大小粉骨塵碎, 絶滅除蹤.

---

118 무천무만(無千無萬) : 무수히 많음을 과장해 말한 것.【宋】여기서 무(無)는 무수(無數)하다의 '무'이며 천, 만의 단위로는 계산할 수 없음을 가리킨다. 『대당삼장취경시화』 제9처에는 다음과 같은 문장이 나온다. "3살배기 어린아이가 무수히 많이 보였다(只見三歲孩兒無千無萬)." 아래 문장에서도 "어린아이가 무수히 많다(孩兒無數)"라고 했는데 이는 '무천무만'이 무수히 많다는 뜻임을 증명한다.【李蔡】

119 후(後) : 고전문학본에서는 '래(來)'로 썼는데 어떤 근거인지 알 수 없다.【李蔡】

120 래(來) 다음에 원래 생(生)자가 빠져 있었는데, 여기서는 대자본에 근거해 보충했다.【李蔡】

121 칠공(七孔) : 칠규(七竅)라고도 하고, 사람의 눈, 코, 입, 귀에 난 모든 구멍을 합친 것이다.【宋】

122 혼문(渾門) : 혼(渾)은 '전체', '모두'이고, '혼문'은 전체 백골정의 무리를 말한다.【宋】아래 문장의 혼군(渾群)은 '모든 무리들'의 뜻이다. 「이릉변문(李陵變文)」에서 "갑옷, 활, 칼까지 모두 써버렸다(凱(鎧)四(甲)弓刀渾用盡)"고 했는

僧行收法, 歇息一時, 欲進前程, 乃留詩曰 :

火類坳頭白虎精[123], 渾羣除滅永安寧.

此時行者神通顯, 保全僧行過大坑.

데, 여기서 혼(渾)은 '전체'의 뜻이며 당송 시기에 자주 쓰였다.【李蔡】

123 백호정(白虎精) : 원래 백화정(白火精)으로 되어 있었고 대자본에도 이렇게 되어 있는데 지금은 고전문학본에 의거해 고쳤다.【李蔡】

中

대당삼장취경시화 중권

번역 **구룡지**九龍池**에 가다**

삼장법사 일행은 가다가 구룡지 앞을 지나게 되었다.

후행자가 말했다.

"사부님! 여기 9마리 악어 녀석들 좀 보십시오. 늘 못된 짓만 일삼고 사람들의 목숨을 앗아갑니다. 그래도 사부님! 너무 걱정하지 마십시오."

갑자기 물결이 일고 흰 파도가 출렁이더니 1,000리나 되는 오강烏江에 검은 파도가 높이 치솟았다. 악어들은 포효하고 불처럼 붉은 수염 비늘에서 빛을 뿜으며, 쩌렁쩌렁 소리를 내면서 앞으로 다가왔다. 후행자는 은형모隱形帽로는 차천진遮天陣을 만들고, 발우로는 10,000리의 물을 담아버렸으며, 금환석장金鐶錫杖으로는 1마리 철룡鐵龍을 만들었다. 밤낮으로 쉬지 않고 삼장일행과 악어 무리들은 두 편으로 나뉘어 싸웠다. 후행자가 악어 등에 올라타 등의 힘줄 하나를 뽑아 우리 삼장법사의 허리띠를 만들어 주었다. 9마리 악어가 모두 항복하자 후행자는 악어의 등심줄을 뽑아내고 철봉으로 악어의 등허리를 800번 내리치며 말했다.

"오늘부터 너희는 착하게 살아야 하느니라. 만약에 다시 예전처럼 횡포를 부리면 모두 없애버릴 것이다!"

지친 악어는 거의 초주검이 되어 흔적도 없이 사라졌다.

후행자는 힘줄로 허리띠를 만들어 삼장법사의 허리에 매 주었다.

삼장법사가 허리에 힘줄 띠를 매자 나는 듯이 걷고, 장애물이 있는 곳도 훌쩍 뛰어넘을 수 있었다. 아마도 악어 힘줄이 상당한 신통력을 지녔고 변화가 무궁무진해서인 듯하다.

삼장법사가 훗날 동토로 돌아가자 이 띠는 변화해 천궁天宮으로 올라갔다. 지금은 불가佛家에서 전해지는데, 바로 수금조水錦條가 그것이다. 삼장법사의 덕행은 불가사의하여 시에서는 다음과 같이 말했다.

(시 결락)

行次前過九龍池.

猴行者曰, "我師看此是九條馗頭鼉龍[1], 常會作孽, 損人性命. 我師
不用怱怱[2]."

忽見波瀾渺渺, 白浪茫茫, 千里烏江[3], 萬重黑浪. 只見馗龍哮吼, 火
鬣毫光[4], 喊動前來. 被猴行者隱形帽[5]化作遮天陣[6], 鉢盂[7]盛却[8]萬里之

---

1   규두타룡(馗頭鼉龍) : 악어. 고대에는 악어의 특이하고 무시무시한 모습이 용
    과 비슷하다고 여겨, 악어를 용으로 표현하기도 했다.【宋】 규(馗)는 기(夔)와
    음이 같아서 예로부터 통용됐다. 『산해경(山海經)』 「중산경(中山經)」에 '기우
    (夔牛)'가 나오고, 『광성자전(廣成子傳)』에는 규우(馗牛)로 되어 있다. 『대당
    삼장취경시화』에 보이는 규(馗)도 기(夔)자로 의심된다. '기'는 고대 전설에서
    나오는 일종의 괴수인데, 소의 모양을 했으나 뿔이 없고 다리가 하나이다. 『산
    해경』 「대황동경(大荒東經)」에 나온다. 상(商)과 주(周)대에는 청동기에 기의
    모습을 장식으로 새기고 기룡(夔龍)으로 불렀는데, 송(宋)의 왕보(王黼) 등이
    편찬한 『선화박고도록(宣和博古圖錄)』 권4에 보인다. 타룡(鼉龍)은 저파룡(猪
    婆龍)이라고도 부르고 특히 중국 양쯔(揚子)강에 사는 악어를 가리킨다. 등과
    꼬리는 비늘과 딱딱한 껍데기로 되어 있고 추하며 몹시 사납다. 규두타룡(馗頭
    鼉龍)은 기의 머리를 가진 악어의 기괴함을 묘사한다.【李蔡】
2   총총(怱怱) : 걱정하고 불안해하는 모습.【宋】 돈황 변문 「목련연기(目連緣起)」
    에는 다음과 같은 문장이 나온다. "부처님이 자비로이 목련에게 알리노니 '걱
    정하지 말고 앞으로 오너라'(我佛慈悲告目連, 不要怱怱且近前)." 총총(怱怱)은
    총총(忽忽)과 같다. 위진(魏晉) 시기에도 이렇게 쓰인 예가 보이는데 『삼국지
    (三國志)』 「위지(魏志)·방기전(方技傳)」 '화타(華佗)'에는 다음과 같은 문장
    이 나온다. "일부러 초현에 갔는데 때마침 화타가 잡혀 가게 되어, 걱정스런 마
    음에 차마 약을 화타에게 구하지 못했다(已故到譙, 適值佗見收, 忽忽不忍從
    求)." 서진(西晉)의 섭승원(聶承遠)은 『불설월남경(佛說越南經)』을 해석하여
    다음과 같이 말했다. "문득 아난에게 물었다. '이것이 무슨 소리인가? 불안함이
    어찌 이와 같은가?(便問阿難, 是何等聲, 怱怱酒如是)'【李蔡】
3   오강(烏江) : 중국 구이저우(貴州)성을 흐르는 강이다. 야츠(鴨池)하, 칭수이
    (淸水)하와 합류해 양쯔강으로 흘러들어간다【宋】

水, 金鐶錫杖[9]化作一條鐵龍. 無日無夜, 二邊相鬪. 被猴行者騎定頑龍, 要抽背脊筋一條, 與我法師結條子[10]. 九龍咸伏, 被抽背脊筋了, 更被脊鐵棒八百下.

"從今日去, 善眼相看. 若更准[11]前, 盡皆除滅!"

困龍半死, 隱蹟藏形. 猴行者拘得背筋, 結條子與法師繫腰. 法師纏繫, 行步如飛, 跳迴有難之處. 蓋龍脊筋極有神通, 變現無窮.

三藏後迴東土, 其條化上天宮[12]. 今僧家所傳, 乃水錦條[13]也. 法師德行不可思議, 乃成詩曰,

---

4 화만호광(火鬒毫光) : 만(鬒)은 수염의 뜻이고 화만(火鬒)은 불처럼 붉은색의 수염을 가리키는데, 여기서는 악어인 것을 감안해 붉은색의 수염비늘로 해석했다. 리스런(李時人)과 차이징하오(蔡鏡浩)의 교주본에는 화만호화(火鬒毫火)로 되어 있는데, 여기서는 『고본소설집성』본과 『송원평화사종』본에 의거해 화(火)를 광(光)으로 고쳤다.【宋】

5 은형모(隱形帽) : 모습을 감춰 보이지 않게 하는 투명모자. 이 책의 '3번째 이야기'에 나오는 '은형모' 주를 참고.【宋】

6 차천진(遮天陣) : 하늘을 가리는 진법.【宋】

7 발우(鉢盂) : 승려의 식기인 바리때. 『서유기』에서는 당 태종(太宗)이 하사한 자줏빛 바리때인 자금발우(紫金鉢盂)로 나온다.【宋】

8 각(却) : 현대 한어에서 각(却)이 동사 뒤에 보어로 쓰여 동작의 완성이나 강조의 의미를 표현하는 것과 같다.【宋】

9 금환석장(金鐶錫杖) : 요괴를 물리치는 방울이 달린 지팡이. 이 책의 '3번째 이야기'의 '금환석장' 주를 참고.【宋】

10 조자(條子) : 조자(條子)의 잘못이다. 아래에서 수금조(水錦條)라고 한 것이 그 증거이다. 조(條)는 조(絛)이다. 원래는 실로 짠 띠나 끈을 가리킨다. 허리에 두르는 데 쓰며 허리띠로도 쓸 수 있다.【李蔡】

11 준(准) : 여(如)와 같다.【李蔡】

12 천궁(天宮) : 천제나 신선이 사는 천상의 궁전.【宋】

13 수금조(水錦條) : 조(條)는 끈이다. 수금조는 여러 가닥으로 땋거나 실로 납작하게 엮은 끈이나 허리띠의 일종으로 추정된다.【宋】

［詩原缺］

제목 누락

"(앞의 원문 결락)······이 물건을 아십니까?"

(주어 결락) 대답했다.

"모르겠소."

심사신深沙神이 말했다.

"내 목 아래에 걸린 것은 전생에 2번이나 당신을 잡아먹고 바로 그 해골을 여기 건 것입니다."

삼장법사가 말했다.

"아주 어리석구나! 이번에도 회개하지 않으면 내가 너희 무리들을 없애버릴 것이다!"

심사신이 합장하고 은혜를 베풀어 주심에 감사하며, 엎드려 자비의 빛을 받았다. 심사신이 이때 으르렁거리며 삼장법사에게 놀라지 마시라고 했다. 그러고는 붉은 모래 먼지가 뿌옇게 일면서 진눈깨비가 흩날렸다.

한참이 지나서 순간 불길이 몇 번 일어나더니, 모래가 거세게 출렁이며 큰 소리로 우레가 쳤다. 멀리 금교金橋의 다리 양쪽에 은줄이 달려 있는 것이 보였는데, 키가 3장丈이나 되는 심사신의 무리들이 모두 두 손으로 다리를 떠받치고 있었다. 삼장법사 일행 7명은 금교 위를 건너갔다. 다리를 다 건너자 심사신이 합장하며 삼장법사 일행을 배웅했다.

삼장법사가 말했다.

"그대의 정성에 감사하오. 내가 동토로 돌아가면 이 은혜에 꼭 보답 하겠소. 앞으로는 절대 죄를 짓지 마시오."

양쪽 언덕에 늘어선 심사신 무리들이 합장한 채 머리를 조아리며 예를 갖춰 연거푸 소리 내 인사했다.

심사신이 앞으로 나와 시를 읊조렸다.

> 깊은 사막에 빠진 지 500년
> 집안의 무리들이 모두 재앙을 당했지요.
> 금교를 손으로 받쳐 삼장법사 일행 건네드리니
> 지하의 신을 구원하여 거듭나게 하셨네.

삼장법사가 시를 읊었다.

> 두 번이나 예전에 네게 먹혔다니
> 해골 보고 전생을 알게 되는구나.
> 지금 네 남은 인생 사해주고
> 동토에서 정성 다해 죄를 하나씩 없애주리라.

후행자가 시를 읊었다.

감사하게도 네가 회개하고 마음잡았고

금교에 은줄을 달아 걷기도 편하구나.

동토로 돌아가 공덕을 쌓고

심사신을 구원하여 부처님께 나아가도록 하리라.

"(前原缺)……一物否?"

答曰, "不識."

深沙[14]云, "項下是和尚兩度被我喫你. 袋得枯骨在此."

和尚曰, "你最無知. 此回若不改過, 教你一門滅絶!"

深沙合掌謝恩, 伏蒙慈照. 深沙當時哮吼[15], 教和尚莫敬[16]. 只見紅塵[17]隱隱[18], 白雪紛紛.

良久, 一時三五[19]道[20]火裂, 深沙袞袞[21], 雷聲喊喊, 遙望一道金橋, 兩邊銀綫[22], 盡是深沙神[23], 身長三丈, 將兩手托定. 師行七人[24], 便從金橋上過. 過了, 深沙神合掌相送[25].

---

14 심사(深沙) : 심사는 심사신(深沙神)이고 사막의 요괴이다. 이 책의 '3번째 이야기'의 주에 나오는 '심사신'을 참고.【宋】

15 효후(哮吼) : 짐승이 포효하고 으르렁거리는 것이다.【宋】

16 경(敬) : 놀라는 것이다.【宋】 경은 경(驚)이다. 이 책의 제 17처에 다음과 같은 문장이 나온다. "맹씨와 춘류는 놀라고 당황했다(孟氏與春柳敬惶)." 경(敬)은 대자본에서는 경(驚)으로 되어 있는데, 이것이 곧 증거이다.【李蔡】

17 홍진(紅塵) : 수레와 말 등이 일으키는 먼지이며 여기서는 장소가 사막인 것을 감안해 붉은 모래먼지로 해석했다.【宋】

18 은은(隱隱) : 어슴푸레하고 흐릿한 모습이다.【宋】

19 삼오(三五) : 적은 수를 말한다.【宋】

20 도(道) : 여기서는 양사로 쓰였다.【宋】

21 곤곤(袞袞) : 파도가 세차게 출렁이는 모습이다.【宋】

22 선(綫) : 선(線)과 같은 자이다.【宋】

23 진시심사신(盡是深沙神) : 온통 심사신들이었다는 것이고, 심사신의 무리들이 금교를 떠받치고 있는 모습이다.【宋】

24 사행칠인(師行七人) : 지금 삼장법사의 일행은 모두 7명이다. 즉 삼장법사, 후행자 외에 삼장법사를 수행하는 승려인 소사(小師) 5명이 있다. '소사'에 대해서는 이 책의 '2번째 이야기'의 주를 참고.【宋】

法師曰, "謝汝心力[26]. 我迴東土, 奉答前恩. 從今去更莫作罪."

兩岸骨肉[27], 合掌頂禮[28], 唱喏[29]連聲.

深沙前來解吟詩曰,

一墮深沙五百春, 渾家[30]眷屬[31]受災殃.

金橋手托從師過, 乞薦[32]幽神化却身.

法師詩曰,

25　『서유기』제22회에서는 사오정이 손오공과 저팔계에게 법술로 제압당하고 삼
　　장법사의 제자가 되어 서천취경 길에 함께 오른다.『대당삼장취경시화』에서는
　　심사신이 모래사막에서 삼장일행에게 금교를 놓아줘 무사히 건너가게 하고 자
　　신의 죄를 구제받지만, 정식으로 삼장의 제자가 되어 길을 떠나지는 않는다.【宋】
26　심력(心力) : 여기서는 세심하게 마음을 써 준 정성을 말한다.【宋】
27　골육(骨肉) : 원래는 가까운 혈육을 가리키는데, 여기서는 심사신의 화신(化
　　神) 혹은 혹은 그 부족의 무리를 가리킨다. 앞 단락에서 "온통 심사신이다(盡是
　　深沙神)"라고 한 것을 보면 알 수 있다.【李蔡】
28　정례(頂禮) : 불교에서 무릎을 꿇고 두 손으로 땅을 짚은 채, 존경하는 사람의
　　발에 머리를 조아리는 의례이다. 상대방에 대한 최고의 공경의 표현이다. 이
　　책의 '5번째 이야기'의 주에 나오는 '정례'를 참고.【宋】
29　창락(唱喏) : 주로 조기 백화문(白話文)에 보이며, 읍(揖)하면서 인사말을 건네는
　　것이다.【宋】
30　혼가(渾家) : 온 집안 신구를 가리키며, 심사신의 집안을 말한다.【宋】혼가(渾
　　家)라는 단어는 돈황 변문에 자주 보인다. 예를 들면 「부모은중경강경문(父母
　　恩重經講經文)」에는 다음과 같은 문장이 나온다. "집안의 어른 아이 할 것 없이
　　모두 바쁘다(渾家大小, 各自忙然)."【李蔡】
31　권속(眷屬) : 심사신 부족의 무리. 권속은 불가에서 부처, 보살, 천왕을 모시는
　　시위나 시종, 신도를 가리키기도 한다.【宋】
32　천(薦) : 뒤에 나오는 천발(薦拔)과 같은 뜻이다. 공덕을 쌓아서 망령이 고난에
　　서 벗어나 복을 받도록 제도(濟度)하는 것이다.【宋】

兩度曾遭汝喫來, 更將[33]枯骨問元才[34].

而今赦汝殘生去, 東土專心次第[35]排[36].

猴行者詩曰,

謝汝囬心意不偏, 金橋銀線步平安.

回歸東土修功德, 薦拔[37]深沙向佛前.

---

33 장(將): 중국의 조기 백화에서 '장'은 '~로부터'의 뜻이다. 중국의 백화문은 당
   나라 때에 발생하여 송, 원, 명, 청을 거치면서 변화, 발전했다.【宋】
34 원재(元才): '처음', '원래'의 뜻이다. 『설문해자(說文解字)』에서 "원은 처음이
   다(元, 始也)", "재는 초목의 근원이다(才, 草木之初也)"라고 했다. 원(元)과 재
   (才)는 동일한 의미를 나타내며 병렬관계의 문장을 이룬다.【李蔡】
35 차제(次第): 하나씩, 순서대로.【宋】
36 배(排): 바로잡다, 교정하다.【宋】
37 천발(薦拔): 제도, 구원하는 것.【宋】

번역 귀자모국鬼子母國에 가다

길을 떠나 수십 리를 가니 인적이 드물고 여관도 눈에 띄지 않았다. 또 산 하나를 지나가는데 산봉우리가 깎아지른 듯 높았다. 사람이 다니지 않고 새들도 날아다니지 않았다. 이곳이 어딘지 아무도 알 수가 없었다.

가다가 큰길에 가까워지자 길에는 더욱 지나다니는 사람이 없었다. 100리를 더 가자 인적이 끊기고 여관도 보이지 않았다. 나라 안에 들어서니 황량한 절이 하나 보였는데 경내에는 승려도 다니지 않았다. 거리에 드문드문 보이는 사람들에게 물었다.

"이곳이 어딥니까?"

그런데 사람들은 말을 전혀 하지 않았고 아무런 반응도 보이지 않았다. 삼장법사가 이를 보고 더욱 놀라며 당황해했다. 삼장법사 일행 7명은 이곳에서 하룻밤을 묵었다.

다음날 날이 밝았는데 돈이 있어도 쌀을 살 수가 없었다. 사람들에게 물어봐도 대답이 없었다. 얼마 지나서 한 나라에 도착했는데 궁궐 안에 들어가 보니 3살배기 어린애들만 셀 수 없이 많았다. 국왕이 보기에 삼장법사 일행 7명이 모두 신심이 깊고 선량해 보여 온 나라 안에 향불을 피우고 모두 와서 공경의 예를 갖추도록 했다.

왕이 말했다.

"스님께서는 어디로 가시는 길입니까?"

삼장법사가 대답했다.

"저는 동토東土의 중생이온데 천축天竺에 가서 불경의 가르침을 얻고자 합니다."

국왕이 삼장법사의 말을 듣더니 정성스럽게 합장했다. 즉시 백미白米 1석碩, 보물 1말, 금전金錢 2,000냥, 비단 2묶음을 하사하면서 여행길에 먹고 쓰도록 했다. 그러고 나서 음식을 차려 연회를 한바탕 베풀었는데 모든 것이 산해진미였다.

삼장법사 일행 7명은 국왕의 은혜에 깊이 감사했고 거듭 감동하였다.

국왕이 말했다.

"저의 나라에 대해 아십니까?"

삼장법사가 대답했다.

"모릅니다."

국왕이 말했다.

"여기서 서천西天까지는 멀지 않습니다."

삼장법사가 다시 물었다.

"국왕께 여쭙니다. 이 나라 사람들은 어찌 이렇게 무뚝뚝한지요? 거리에 다니는 사람들을 불러 봐도 대답이 없습니다. 또 어른은 없고 모두 3살배기 어린아이 뿐입니다. 무슨 이유로 어린아이만 넘치고 부모는 안 보이는지요?"

국왕이 크게 웃으며 말했다.

"스님께서는 서쪽으로 가시면서 어째서 사람들이 귀자모국에 대해 얘기하는 걸 듣지 못하셨는지요?"

삼장법사가 이 말을 듣고는 반쯤 취한 듯 정신이 몽롱해졌다.

"그렇다면 우리 7명이 귀신과 얘기를 했단 말입니까?"

국왕이 대답했다.

"남은 여정이 편안하길 바랍니다. 떠나시는 날에는 차와 마실 것을 준비해 놓겠습니다."

삼장법사 일행 7명은 매우 감사해했다. 떠날 때가 되자 다음과 같이 시를 지어 남겼다.

귀자모의 나라인줄 누가 알았으랴.
시장하던 차에 보시 얻었구나.
보물과 쌀 받고 노자 두둑이 챙겼으니
불경 가지고 돌아가 은혜에 보답하리라.

귀자모가 시를 써주며 말했다.

드문 여관과 거리 수상하고
행인에게 물어도 대꾸가 없네.
서쪽 천축국에 곧 도착하니
몸과 마음 정결히 하시길.

아침부터 잠들 때까지 부지런히 염불하고

조석으로 향 피우며 기도하네.

불경 얻어 돌아가는 날 이곳을 지나시면

공경히 맞이하여 며칠 머물게 하리라.

入鬼子母國³⁸處第九

登途行數十里, 人煙寂寂, 旅店稀稀. 又過一山, 山嶺崔嵬, 人行不

到, 鴉鳥不飛, 未知此中是何所在.

行次欲近官道, 道中更人行. 又行百里之中, 全無人煙店舍. 入到國

中, 見一所荒寺, 寺內亦無僧行. 又見街市數人, 問云,

"此是何處?"

其人不言不語, 更無應對. 法師一見如此, 轉³⁹是恓惶⁴⁰. 七人⁴¹遂乃

---

38 귀자모국(鬼子母國) : 귀자모는 약차(藥叉, Yaksa) 여신의 이름이며, 환희모
(歡喜母), 애자모(愛子母), 천모(天母), 가리제(訶利帝), 가리제모(訶利帝母)
라고도 불린다. 『잡보장경(雜寶藏經)』에는 다음과 같은 문장이 나온다. "귀자
모는 야차왕으로 10,000명의 자식을 두었다. (…중략…) 부처께서는 10,000명
의 자식을 두었음에도 불구하고 단 1명의 자식을 잃어버린 것을 번민하는 귀자
모와, 몇 명밖에 되지 않는 자식이 잡아 먹혀 괴로워하는 부모를 대비하면서
귀자모에게 세상 부모의 마음을 알려주고 교화하셨다."【송】『대당서역기(大唐
西域記)』 권2 「간다라국(건타라국健馱邏國)」에 다음과 같은 문장이 나온다.
"스투파가 있는데, 석가여래가 이곳에서 귀자모를 교화하여 사람을 해치지 못
하게 한 곳으로, 이 나라 풍습에는 여기서 제사를 지내 자식을 점지해 주기를
기원한다(有窣堵波, 是釋迦如來於此化鬼子母, 令不害人, 故此國俗祭以求嗣)."
이 일은 「불설귀자모경(佛說鬼子母經)」에도 보인다. "부처가 대도국에 갔는데
당시 나라 안에 한 어머니가 자식이 많았다. 그 어머니는 성격이 극악하여 늘
남의 아이를 잡아먹기를 좋아했다(佛遊大兜國, 時國中有一母人, 多子, 性極惡,
常喜行盜人子殺噉之)." 석가여래가 불법으로 (귀자모를) 항복시키고 오계(五
戒)를 내려 수타원도(須陀洹道)를 깨닫고 호법신이 되게 하였다. 후에 중국 민
간에서 귀자모게발(鬼子母揭鉢) 고사가 나오는데, 조연정(曹棟亭)이 교각(校
刻)한 『녹귀부(錄鬼簿)』와 『금악고증(今樂考證)』, 『곡록(曲錄)』에 모두 원대 오
창령(吳昌齡)의 잡극 『귀자모게발기(鬼子母揭鉢記)』가 실려 있다. 『대당삼장취
경시화』의 귀자모국은 모두 불경과 『대당서역기』로부터 나온 것이다.【李蔡】
39 전(轉) : '더욱'이다. 돈황 변문 「한장왕릉변(漢將王陵變)」에는 다음과 같은 문
장이 나온다. "패왕이 이 말을 듣더니 더 크게 노하였다(覇王聞語, 轉加大怒)."

止宿此中.

　來日天曉, 有錢又無米糶[42]. 問人, 人又不應. 逡巡[43]投[44]一國, 入其殿宇, 只見三歲孩兒無千無萬[45]. 國王一見法師七人, 甚是信善, 滿國焚香, 都來恭敬.

　王問, "和尚欲往何所?"

　法師答曰, "爲東土衆生, 入於竺國請取經教."

　國王聞語, 合掌虔誠. 遂惠白米一碩[46], 珠珍[47]一斗[48], 金錢[49]二千,

『태자성도경(太子成道經)』에는 다음과 같은 문장이 나온다. "(태자가) 이 음악을 듣더니 더욱 슬퍼하고 근심했다((太子)聞樂, 轉更愁憂)." 전갱(轉更)은 뜻이 같은 글자가 연용된 것이다.【李蔡】

40 서황(恛惶) : 놀라 쩔쩔매고 허둥지둥하는 것이다.【宋】

41 칠인(七人) : 삼장법사, 후행자, 삼장법사를 수행하는 승려 5명을 포함한 총 7명을 말한다.【宋】

42 미적(米糶) : 쌀.【宋】

43 준순(逡巡) : 잠깐, 잠시 후. 이 작품의 제3처에 나오는 준순(逡巡)과는 함의가 다르다. 「오자서변문(伍子胥變文)」에서 "어부가 잠시 후에 배가 있는 곳으로 왔다(魚人逡巡之間, 卽到船所)"고 했는데 여기서의 용법과 같다. 당(唐)과 오대(五代) 시기에 자주 보인다.【李蔡】

44 투(投) : 이르다, 머무르다.【宋】

45 무천무만(無千無萬) : 셀 수 없이 많다.【宋】

46 석(碩) : 석(石)과 통용되고, 고대에 용량을 계산하는 단위인 '섬'이다. 1섬은 10말(두斗)이고, 1말은 10되(승升)이다.【宋】 고대 용량을 계산하는 단위이다. 유우석(劉禹錫)의 「사은사속맥표(謝恩賜粟麥表)」에는 다음과 같은 구절이 나온다. "특별히 성인에게 청묘전을 풀고 양식 60,000석을 하사했다(特放開成年靑苗錢並賜斛斗六萬碩)."【李蔡】

47 주진(珠珍) : 동그란 구슬모양의 보물이다.【宋】

48 두(斗) : 옛날 곡식의 분량을 재는 도구 혹은 용량의 단위이며, '말'이다. 1말(두)은 10되(승)이다.【宋】

49 금전(金錢) : 이 책에는 은전(銀錢)도 나오므로 여기서는 금으로 된 화폐 즉 금전으로 해석했다.【宋】

綵帛二束[50], 以贈路中食用. 又設齋[51]供一筵, 極是善美. 僧行七人, 深謝國王恩念, 多感再三.

國王曰, "曾識此國否?"

法師答, "不識."

國王曰, "此去西天不遠."

法師又問, "臣啓大王, 此中人民得恁地性硬, 街市往來, 叫也不應. 又無大人, 都是三歲孩兒. 何故孩兒無數, 却無父母?"

國王大笑曰, "和尚向西來, 豈不見人說有鬼子母國?"

法師聞語, 心如半醉, "然我七人, 只是對鬼說話?"

國王曰, "前程安穩, 囬日祇備茶湯."

法師七人大生慙愧[52], 臨行乃留詩曰,

誰知國是鬼祖母[53], 正當飢困得齋餐.

更蒙珠米充盤費, 願取經囬報答恩.

---

50 속(束) : 묶음이나 다발을 세는 단위.【宋】

51 재(齋) : 승려들이 먹는 음식으로, 소식(素食).【宋】

52 참괴(慙愧) : 감사의 의미이고, 양심의 가책을 느끼는 심리상태를 가리키는 것은 아니다. 그러므로 위 문장에서 "국왕의 은혜에 깊이 감사해했다(深謝國王思念)"라고 했고, 아래 문장에서는 "불경을 가지고 돌아와 은혜에 보답하리(願取經回報答恩)"라고 했다. 「오자서변문(伍子胥變文)」에는 다음과 같은 문장이 나온다. "다시 여인이 권해 음식을 남김없이 다 먹었는데, 고마운 마음이 점점 깊어져 마음속의 일을 이야기하게 되었다(更蒙女子勸諫, 盡足食之, 慙愧彌深, 乃論心事).【李蔡】

53 귀조모(鬼祖母) : 귀자모라고도 한다.【宋】

鬼子母贈詩云,

稀疏旅店路蹊蹺, 借問行人不應招.

西國竺天看[54]便到, 身心常把水清澆.

早起晚眠勤念佛, 晨昏禱祝備香燒.

取經囘日須過此, 頂敬[55]祗迎[56]住數朝.

54 간(看): '즉시', '눈 깜짝할 사이'이다. 시간이 매우 짧음을 가리키며 부사이다. 두보(杜甫)의 절구(絶句) 2수 중 2번째 시에는 다음과 같은 구절이 나온다. "금년 봄도 눈 깜짝할 사이에 지나가니 어느 날이 고향에 돌아가는 해인가?(今春看又過, 何日是歸年)" 간(看)의 쓰임이 같다. 돈황 변문 중에 간간(看看)이라는 표현이 자주 보이는데, 역시 여기서 말하는 간(看)과 같은 뜻이다. 「여산원공화」의 "사람 목숨은 찰나이니 눈 깜짝할 사이에 세월이 간다(人命利那, 看看過世)"에서 말한 간(看)은 간안(看眼)이 축약된 것이다. 「여산원공화」에는 다음과 같은 문장이 나온다. "사연을 밝혀 빨리 설명하시오. 말하지 않으면 즉시 곤장을 칠 것이오(解事速說情由, 不說眼看喫杖)."【李蔡】

55 정경(頂敬): 무릎을 꿇고 두 손으로 땅을 짚은 채 머리를 조아려 경의를 표하는 예이다. 불가에서 최고의 경례법이다.【宋】

56 지영(祗迎): 신하들이 임금이 행차에서 돌아오심을 공경해 맞이하는 것이다.【宋】

◎ 10번째 이야기

번역 **여인국女人國을 지나가다**

삼장 일행은 길을 떠나기에 앞서 목욕 재개를 했다. 그러나 가는 도중에 여관은 보이지 않았다. 황량한 교외에서 묵게 되었는데 호랑이, 이리, 벌레, 짐승들이 있었지만 사람을 보아도 전혀 해치지 않았다. 가다가 한 나라에 도착했는데 아무도 없고 누추한 빈 집과 부서진 정원 울타리만 보였다. 길을 계속 갔더니 몇몇 사람들이 밭을 갈고 씨를 뿌리며 수확을 하고 있었다.

삼장법사가 말했다.

"이 나라에는 마을이 있는 것 같긴 한데 사람이 드물고 농부 몇 사람만 보이는구나."

밭을 갈던 농부들이 삼장법사 일행을 쳐다보며 모두 미소를 지었다.

삼장법사는 시를 지어 말했다.

황량한 마을에 사람 살지 않으니
우리 일행은 매일 들판에서 묵네.
오늘에야 농부들 만나니
나는 이제야 웃음 찾았네.

후행자가 시를 지어 말했다.

황량한 나라에 사는 이 없고

황량한 마을에서 누가 농사짓겠냐고 말하지 마시오.

사람들이 열심히 농사짓는 걸 우리는 몰랐네.

이들이 사는 곳은 서쪽 성이라네.

아침 일찍 와서 열심히 농사짓고

밤에는 천궁에 묵으며 동정洞庭에서 쉬네.

여행길에 올라 미련 두지 말지니

동토를 걱정 말고 돌아갈 길 바라보네.

날듯이 빨리 걷다가 앞쪽으로 냇물을 건너게 되었는데 큰물이 끝없이 흐르고 있었다. 삼장법사가 고민하자 후행자가 말했다.

"앞으로 나아가십시오. 제게 방책이 있습니다."

후행자가 "천왕天王이시어!"라고 크게 소리치자 냇물이 멈추고 파도가 잔잔해졌다. 삼장법사 일행이 건너고 나서 합장하며 경의를 표했다. 이는 전생의 인연이고 하늘이 도우신 것이었다.

가다가 또 황량한 마을을 지나갔고, 수십 리를 더 가서 한 마을에서 쉬게 되었다.

삼장법사가 말했다.

"가는 곳 마다 인적이 없는데 이곳이 어딘지 아느냐?"

후행자가 말했다.

"가다가 물어보시지요. 걱정과 탄식은 이제 그만하시고요."

또 100리 이상을 가니 한 나라가 보였는데 사람들이 북적거리고 장사가 한창이었다. 나라 안으로 들어서자 문 위에 '여인국'이라는 현판이 붙어 있었다. 삼장법사 일행은 바로 여왕을 알현했다.

여왕이 물었다.

"스님께서는 무슨 연유로 이 나라에 오셨습니까?"

삼장법사는 대답했다.

"저는 당唐나라 황제의 명을 받들어 동토의 중생들을 위해 서천西天으로 가서 경전을 가져와 복전福田을 이루고자 합니다."

여왕은 합장하고 즉시 보시할 음식을 차렸다. 그런데 삼장일행이 차려진 음식을 보고도 먹지를 못하는 것이었다.

여왕이 말했다.

"어찌하여 안 드십니까?"

삼장법사 일행은 일어나 읍揖하고 예를 갖춰 대답했다.

"여왕께서 음식을 하사하셨으나 모래가 너무 많아 먹을 수가 없습니다."

여왕은 말했다.

"스님께 자초지종을 상세히 말씀드리겠습니다. 이 나라에는 곡식이 전혀 자라지 않습니다. 동토의 불도佛徒들이 방문했을 때와 나라에서 보시할 공양을 차릴 때만 밥을 짓는데, 땅위의 여기저기에서 곡식을 모으다 보니 모래가 많습니다. 스님께서 동토로 돌아가시는 날에 방책을 알려주시기 바랍니다."

삼장법사는 일어나 시를 지었다.

여왕께서 정성껏 차린 소식素食
대부분 모래이니 먹을 수 없네.
천축국에서 경전 구해 돌아가는 날
동토를 교화하고 이곳에 생대生臺를 설치토록 하리라.

여왕은 시를 듣고 즉시 삼장법사 일행에게 궁 안으로 들어와 둘러보도록 했다. 삼장 일행이 궁 안에 들어서자 향기로운 꽃이 궁 안에 만발하고 온갖 보석들이 층층이 장식되어 있었다. 두세 명씩 걸어가는 것은 모두 여자들인데 나이는 16세 정도 돼 보이고 아름다운 얼굴에 나긋나긋하며, 별처럼 반짝이는 눈에 버들가지 같은 눈썹, 붉은 입술에 석류 같은 치아, 복숭아 빛 얼굴에 풍성한 머리카락을 하고, 입은 옷은 화려하며 말하는 것은 부드러워 세상에서 처음 보는 모습이었다. 삼장일행이 성 안으로 들어오는 것을 보자 여자들은 만면에 미소를 띤 채 검게 칠한 눈썹을 내리깔고 앞으로 나와 공손히 인사를 했다.

"스님께 여쭈오니 이곳은 여인국이라 남자가 없습니다. 오늘 스님 일행께서 오신 걸 뵈었으니 이곳에 절을 세우고자 합니다. 청하오니 일행 7분께서 여기 주지住持를 맡으시어 나라 안의 여인들을 조화롭게 해주십시오. 그러면 우리는 새벽부터 저녁까지 사원에 가서 향을 피우고 불법佛法을 들으며 선한 마음을 키우겠습니다. 남자를 만나게 된 것도 전생의 인연입니다. 스님의 뜻은 어떠하신지요?"

삼장법사는 말했다.

"저는 동토의 중생인데 어찌 이곳에서 살 수 있겠습니까?"

여왕은 말했다.

"스님과 사형들께서는 옛 사람들이 '사람이 한번 살지 두 번 살지 않는다'라고 말한 것을 들어본 적 없으십니까? 여기서 사시면서 저희를 위해 국왕이 되어주신다면 이 또한 얼마나 멋진 일이겠습니까?"

그러나 삼장법사는 계속해서 거절했고 마침내 길을 떠났다. 두세 명씩 무리를 지은 여자들이 구슬 같은 눈물을 흘렸고, 검게 칠한 눈썹에는 수심이 가득 차서 서로 이렇게 말했다.

"이제 가시면 우리는 언제 다시 남자를 만날 수 있을까?"

여왕은 야명주夜明珠 5알, 흰말 1필을 가져와 삼장법사에게 주고 가는 길에 쓰도록 했다. 삼장법사 일행은 합장하고 감사의 인사를 한 뒤에 다음과 같이 시를 남겼다.

여왕께서 선한 마음 지니고 계율 지켜 수행하시어
변화 많은 덧없는 인생이 때를 얻길 바라네.
속된 생각만 품고 깨닫지 못한다면
천생만겁千生萬劫에서 아비지옥阿鼻地獄으로 떨어지고 말지니.
귀밑머리가 예쁜 얼굴을 가리게 인사하지 마시고

날씬한 몸매와 검푸른 눈썹에 연연치 마십시오.

죽음이 오는 것을 피할 수 없으니

해골의 근원을 어디 가서 물으리오.

여왕과 여자들은 향기로운 꽃을 뿌리며 성을 나서는 삼장법사 일행을 배웅했다. 시에서는 다음과 같이 말했다.

이곳은 별천지의 선경이고

그대들 천축 가는 길 배웅하네.

여왕의 이름을 알고 싶다면

바로 문수文殊와 보현普賢이라네.

57 여인국(女人國) : 소설『서유기』제54회에도 여인국이 나오는데『대당삼장취 경시화』보다 내용이 풍부하고 흥미롭다.『서유기』의 서량녀국(西梁女國)의 여 왕은 삼장법사와 부부의 연을 맺고자 하지만 삼장은 여왕의 유혹을 떨쳐내고 길을 떠난다.『대당삼장취경시화』는『서유기』처럼 내용이 자세하지는 않지만 여인국의 기본 스토리를 갖추고 있고 환상성을 잘 보여준다. 이 외에도『이역 지(異域志)』권하(下)「여인국(女人國)」조에서는 다음과 같은 기록이 나온다. "그 나라는 순수한 음기의 땅이고 동남쪽 바닷가에 있다. 물이 수년간 흐르다가 한 번씩 넘친다. 연꽃이 피면 크기가 1척 정도 되고, 복숭아씨는 크기가 2척이 다. 만약에 배를 타고 가다가 그 나라에 표류하면 여자들에게 끌려가 모두 죽임 을 당한다. 어떤 지혜로운 사람이 밤에 배를 훔쳐 도망가서 그 일을 전했다. 여 자들은 남쪽 바람을 맞으면 알몸으로 바람에 감응해 아이를 낳는다(其國乃純 陰之地, 在東南海上, 水流數年一泛. 蓮開長尺許, 桃核長二尺. 皆(昔)有舶舟飄落 其國, 群女攜以歸, 無不死者. 有一智者, 夜盜船得去, 遂傳其事. 女人遇南風, 裸形 感風而生)."『구당서(舊唐書)』179권「남만서남만전(南蠻西南蠻傳)」에도 다 음과 같은 기록이 나온다. "동녀국은 서강의 별칭이며, 서해에도 여인국이 있 으므로 동녀라고 부른다. 여자를 왕으로 삼는다고 한다. 동쪽으로는 무주, 당항 과 접해 있고, 동남쪽으로는 아주와 접해 있으며 나여만과 백랑이와 경계를 접 하고 있다. 그 영토는 동서로 9일을 가야하고, 남북으로는 22개의 길이 나 있으 며, 크고 작은 80여 개의 성이 있다(東女國, 西羌之別稱, 以西海中復有女國, 故稱 東女焉. 俗以女爲王. 東與茂州, 黨項接, 東南與雅州接, 界隔羅女蠻及百狼夷. 其境 東西九日行, 南北二十二行. 有大小八十餘城)."【宋】중국에는 상고시기부터 여인 국과 관련된 전설이 있었다.『산해경』「해외서경(海外西經)」에 다음과 같은 기 록이 나온다. "여자국은 무함의 북쪽에 있고 2명의 여자가 살며, 물이 그 주위 를 흐른다. 일설에 따르면 한 집안에 산다고 한다(女子國在巫咸北, 兩女子居, 水周之, 一曰, 居一門中)."『산해경』「대황서경(大荒西經)」에는 다음과 같은 문 장이 나온다. "여자국이 있다(有女子之國)." 학의행(郝懿行)은「위지(魏志)」의 주를 인용해 다음과 같이 말했다. "한 나라가 바다 한가운데 있는데 여자들만 있고 남자들은 없다(有一國在海中, 純女無男)."『대당서역기』에서도 2개의 여 인국을 기록했고 권4의 '동녀국(東女國)'의 기록에는 다음과 같은 문장이 나온 다. "대대로 여자가 왕이 되므로 '여'자로 나라이름을 불렀다. 남자도 왕이 될 수 있었는데 정사(政事)를 알지는 못했고 남자는 오로지 전쟁을 하고 농사를 지을 뿐이었다(世以女爲王, 因以女稱國. 夫亦爲王, 不知政事, 丈夫唯征伐, 田種

僧行前去, 沐浴慇懃[58]店舍稀疎, 荒郊止宿, 雖有虎狼蟲[59]獸, 見人全不傷殘. 次入一國, 都無一人, 只見荒屋漏落, 園籬[60]破碎. 前行漸有數人耕田, 布[61]種年穀.

法師曰, "此中似有州縣, 又少人民, 且得見三五農夫之面."

耕夫一見, 個個眉開. 法師乃成詩曰,

荒州荒縣無人住, 僧行朝朝宿野盤[62].

今日農夫逢見面, 師僧方得少[63]開顏.

猴行者詩曰,

休言荒國無人住, 荒縣荒州誰肯[64]耕?

人力種田師不識, 此君住處是西城.

早來此地權耕作, 夜宿天宮歇洞庭[65].

而已)." 권11에서는 서대녀국(西大女國)을 기록하고 있는데, 여자만 있고 남자는 없다.【李蔡】

58 은근(慇懃) : 마음이 매우 간절함을 표현한다.【宋】매우 정성스러운 것이다.【李蔡】

59 충(蟲) : 상무인서관본에서는 금(禽)으로 고쳤다.【李蔡】

60 리(離) : 울타리. 리(籬)와 통한다.【宋】

61 포(布) : 파종하는 것.【宋】

62 야반(野盤) : '반'은 넓고 큰 모양이다. 여기서는 '야반'을 들판으로 해석했다.【宋】

63 소(少) : '조금'의 뜻이며 고대에 자주 보이는 용법이다.【李蔡】

64 긍(肯) : 상무인서관본에서는 거(去)로 고쳤다.【李蔡】

65 동정(洞庭) : 동정호(洞庭湖)를 가리킨다.【宋】

舉步登途休眷戀, 免煩東土望回程.

舉步如飛, 前過一溪, 洪水茫茫. 法師煩惱.

猴行者曰, "但請前行, 自有方便."

行者大叫"天王[66]"一聲, 溪水斷流, 洪浪乾絕. 師行過了, 合掌擎拳.
此是宿緣[67], 天宮助力. 次行又過一荒州, 行數十里, 憩歇一村.

法師曰, "前去都無人煙, 不知是何處所?"

行者曰, "前去借問, 休勞歎息."

又行百里之外, 見有一國, 人煙濟楚[68], 買賣駢闐[69]. 入到國內, 見門
上一牌云, "女人之國". 僧行遂謁見女王.

女王問曰, "和尚因何到此國?"

法師答言, "奉唐帝勅命, 爲東土衆生往西天取經作大福田[70]."

---

66 천왕(天王) : 여기서는 대범천왕(大梵天王) 즉 힌두교의 브라흐마 신을 가리킨
다. 이 책의 '3번째 이야기'에 따르면, 삼장법사는 대범천왕으로부터 은형모,
금환석장, 발우를 받는다. 대범천왕은 삼장법사에게 '천왕'을 외치면 위기에서
벗어날 수 있을 것이라고 알려준다.【宋】

67 숙연(宿緣) : 불교에서 말하는 전생의 인연이다.【宋】

68 제초(濟楚) : '의관이 단정하고 아름다운 모습' 혹은 '흥성하고 번창함'이다. 여
기에서는 후자의 의미로 해석했다.【宋】

69 병전(駢闐) : 전(闐)은 전(闐), 전(塡)을 잘못 쓴 것이다. 병전(駢闐)과 병전(駢
塡)은 여러 곳에서 모두 '이어져 끊임이 없다'는 뜻을 가리킨다. 매매병전(買賣
駢闐)은 장사가 번성한 것을 묘사한다.【李蔡】

70 복전(福田) : 불교에서는 공양, 보시하고 선을 행해 덕을 닦으면 복을 받을 수
있다고 생각했고, 또 이를 파종, 경작해 수확하는 것과 같은 이치로 보았다. 당
대 현장(玄奘)의 『대당서역기(大唐西域記)』「마가다국(마게타국(摩揭陀國))」
상(上)에는 다음과 같은 문장이 나온다. "간절히 바라오니 대왕께서는, 복전이

女王合掌, 遂設齋供[71]. 僧行赴齋, 都喫不得.

女王曰, "何不喫齋?"

僧行起身唱諾[72]曰, "蒙[73]王賜齋, 蓋爲砂多, 不通喫食."

女王曰, "啟和尚悉, 此國之中, 全無五穀. 只是東土佛寺人家及國內設齋之時出生[74], 盡於地上等處收得, 所以砂多. 和尚迴歸東土之日,

---

되실 것을 염두에 두시고 인도에 가람을 세워주소서. 그렇게 하면 성스러운 공적을 드날리고 명성을 널리 알리게 될 것입니다. 이 일로 선왕으로부터는 복을 받고 자손에게는 은혜를 미치게 될 것입니다(誠願大王福田爲意, 於諸印度建立伽藍, 既旌聖跡, 又擅高名, 福資先王, 恩及後嗣).【宋】불교 용어이고, 불가에서는 불교의 가르침에 따라 의식을 행하는 것이, 경작하면 수확할 수 있는 것과 비슷하여 반드시 복을 누리게 된다고 생각했다. 『탐현기(探玄記)』권6에는 다음과 같은 문장이 나온다. "내게 복이 생겨나니, 복전이라고 이름 한다(生我福, 故名福田)."【李蔡】

71 재공(齋供) : 승려와 도사들에게 음식을 보시하는 것이다. 『고금소설(古今小說)』「진종선매겸실혼가(陳從善梅岭失渾家)」에는 다음과 같은 문장이 나온다. "진순검은 주방 관리에게 분부하였다. '내일은 4월 초사흘이니 식사를 차릴 때 공양할 음식을 많이 준비하여라'(陳巡檢分付廚下使喚的, 明日是四月初三日, 設齋多備齋供)."【宋】

72 창락(唱諾) : 고대 한족(漢族)의 인사 예법이고, 창야(唱喏), 성야(聲喏)라고도 한다. 하급 관리가 상급 관리에게 혹은 젊은이가 연장자에게 읍하면서 동시에 입으로는 찬사(讚辭)를 한다. 당나라 배형(裴鉶)의 『전기(傳奇)』「최위(崔煒)」에 다음과 같은 문장이 나온다. "여자가 술을 따라 사신에게 마시게 했다. '도련님께서 번우 땅으로 돌아가고 싶어 하시니 모시고 가주십시오.' 사신은 인사말을 건넸다(女酌醴飲使者曰, 崔子俗歸番禺, 願爲挈往, 使者唱諾)."【宋】

73 몽(蒙) : 원래 가(家)로 썼는데 오류이다. 지금은 상무인서관본과 고전문학본에 따라 고쳤다.【李蔡】

74 출생(出生) : 불교 용어이다. 식사 전후로 약간의 밥 즉 생반(生飯)을 땅에 뿌리고 중생들에게 나눠주었으므로 출중생식(出衆生食)이라고 했다. 『근본설일체유부비나야잡사(根本說一切有部毗奈耶雜事)』권31에는 다음과 같은 문장이 나온다. "매번 식사 때에는 밥을 조금 떼어내어 나눠주었다(每於食次, 出衆生食)." 『사분률산번보궐행사초(四分律刪繁補闕行事鈔)』「부청편(赴請篇)」에는

望垂方便."

法師起身, 乃留詩曰,

女王專意朱[75]淸齋[76], 蓋爲砂多不納懷.

竺國取經歸到日, 敎令東土置生臺[77].

女王見詩, 遂詔法師一行入內宮看賞. 僧行入內, 見香花滿座, 七
寶[78]層層. 兩行盡是女人, 年方二八, 美貌輕盈[79], 星眼柳眉, 朱脣榴

다음과 같은 기록이 나온다. "날이 밝으면 중생들에게 음식을 나눠주기도 했고
식사 전에 노래 등이 끝나면 음식을 나눠주기도 했다. 혹은 식사 후에 경장(經
藏)과 논장(論藏)을 구송하면서 마음 내키는 대로 음식을 나눠주기도 했다(明
出衆生食或在食前唱等得已出之, 或在食後, 經論無文, 隨情安置)."【李蔡】

75 주(朱) : 붉은 마음 즉 정성을 의미한다.【宋】

76 청재(淸齋) : 소식(素食) 즉 채식을 말한다. 진(晉)대 지둔(支遁)이 쓴 시 「오월
장재(五月長齋)」에는 다음과 같은 구절이 나온다. "음력 2월부터 소식을 시작
하는데 덕이 넘치고 끝이 없다(令月肇淸齋, 德澤潤無疆)."【宋】

77 생대(生臺) : 불교 명칭이고 주로 식사 전에 밥을 조금 덜 때 사용하는 받침대이
다. 생대를 설치하면 생반을 땅에 뿌릴 때 잿밥에 모래가 많이 들어가는 것을
막을 수 있다.【李蔡】

78 칠보(七寶) : 『법화경(法華經)』에 따르면 금, 은, 유리, 거거석(硨磲石), 마노
(瑪瑙), 진주, 매괴석(玫瑰石)을 가리키지만 다른 불경에서 말하는 보물은 또
다르다. 견해가 다양하다.【李蔡】

79 경영(輕盈) : 여자의 자태가 부드럽고 행동이 경쾌한 것이다. 당(唐)대 이백(李
白)의 「상봉행(相逢行)」에는 다음과 같은 구절이 나온다. "수레에서 내리는데
얼마나 나긋나긋한지, 가볍기가 떨어지는 매화꽃잎 같구나(下車何輕盈, 飄然
似落梅)." 송(宋)대 주방언(周邦彦)의 사 「유초청(柳梢青)」에는 다음과 같은
구절이 나온다. "사람들은 저마다 해당화처럼 운치 있고 나는 제비처럼 나긋나
긋하네(有簡人人, 海棠標韻, 飛燕輕盈)."【宋】

齒[80], 桃臉蟬髮[81], 衣服光鮮, 語話柔和, 世間無此.

一見僧行入來, 滿面含笑, 低眉促黛[82], 近前相揖,

"起咨和尚, 此是女人之國, 都無丈夫. 今日得覩僧行一來, 奉爲此中起造寺院, 請師七人, 就此住持. 且緣合國女人, 早起晚來, 入寺燒香, 聞經聽法, 種植善根. 又且得見丈夫, 夙世[83]因緣. 不知和尚意旨如何?"

法師曰, "我爲東土衆生, 又怎得此中住院?"

女王曰, "和尚師兄豈不聞古人說, '人過一生,不過兩世'. 便只住此中, 爲我作個國王, 也甚好一段風流事!"

和尚再三不肯, 遂乃辭行. 兩伴女人, 淚珠流臉, 眉黛愁生, 乃相謂言,

"此去何時再覩丈夫之面?"

女王遂取夜明珠[84]五顆, 白馬一疋[85], 贈與和尚前去使用. 僧行合掌

---

80 류치(榴齒) : 석류 알이 알알이 박혀있듯이 치아가 가지런한 것이다.【宋】

81 선발(蟬髮) : 매미 날개의 그물망이 촘촘한 것처럼 머리숱이 많고 풍성해 아름다운 것이다.【宋】

82 촉대(促黛) : 눈썹먹. 고대 여성들은 눈썹을 그릴 때 청흑색의 안료로 된 먹을 사용했다.【宋】

83 숙세(夙世) : 전생, 전세. 『선화화보(宣和畫譜)』 「이득유(李得柔)」에는 다음과 같은 문장이 나온다. "이득유는 어릴 때부터 책 읽는 것을 좋아했고 시문을 잘 지었으며 단청 칠하는 기술도 뛰어났다. 배우지 않아도 잘하는 것은 전세에서 배웠던 경험 때문이다(得柔幼喜讀書, 工詩文, 至於丹靑之技, 不學而能, 益驗其夙世之餘習焉).【宋】

84 야명주(夜明珠) : 전설 속의 밤에도 빛나는 구슬. 고대에는 이것을 수주(隨珠), 현주(懸珠), 수극(垂棘), 명월주(明月珠) 등으로 불렀다. 일반적으로 야명주는 형광석 즉 야광석을 가리킨다. 진(晉)대 왕가(王嘉)가 지은 『습유기(拾遺記)』 「하우(夏禹)」에는 다음과 같은 기록이 보인다. "우가 용관산을 뚫고 그곳을 용

稱謝, 乃留詩曰,

願王存善好修持, 幻化[86]浮生[87]得幾時.

一念凡心如不悟, 千生萬劫[88]落阿鼻[89].

休喏[90]綠鬢[91]枕[92]紅臉, 莫戀輕盈與翠眉[93].

문이라 불렀다. 빈 바위굴을 수 십리 들어갔더니 어두워서 더 이상 갈 수가 없었다. 우는 불을 등에 짊어지고 들어갔다. 돼지 같은 짐승이 야명주를 물고 있는데 빛이 등불같이 밝았다(禹鑿龍關之山, 亦謂之龍門. 至一空巖, 深數十里, 幽暗不可復行. 禹乃負火而進. 有獸狀如豕, 銜夜明之珠, 其光如燭).【宋】

85 필(疋) : 필(匹)과 같고 말을 세는 양사이다.【宋】

86 환화(幻化) : 불교 용어이고, 세상 만물이 실체 없는 허무한 것이라는 뜻이다. 진(晉)대 도잠(陶潛)의 「귀원전거(歸園田居)」에 다음과 같은 기록이 나온다. "인생은 허무한 것이어서 결국은 공과 무로 돌아간다(人生似幻化, 終當歸空無)." 당(唐)대 한산(寒山)의 「시(詩)」 205에는 다음과 같은 구절이 보인다. "스스로 인생의 부질없음과 허무함을 깨닫고, 유유자적하며 즐기니 실로 좋구나!(自覺浮生幻化事, 逍遙快樂實善哉)."【宋】

87 부생(浮生) : 인생은 부질없고 허무하므로 '부생'이라고 한다. 『장자(莊子)』 「각의(刻意)」에는 다음과 같은 문장이 나온다. "인생은 물위에 떠 있는 것 같고, 죽음은 쉬는 것과 같다(其生若浮, 其死若休)." 남조(南朝) 송(宋)의 포조(鮑照)가 쓴 시 「답객(答客)」에는 다음과 같은 구절이 나온다. "덧없는 인생은 급하기가 번개 같고, 사물의 이치는 위험하기가 현악기 줄과 같네(浮生急馳電, 物道險絃絲).【宋】

88 천생만겁(千生萬劫) : '세세대대로', '영원히'의 뜻이다.【宋】

89 아비(阿鼻) : 불교 전설에는 8대 지옥이 있으며 그중 아비지옥은 가장 아래쪽에 있고 가장 고통스러운 곳이다.【宋】 범문을 번역한 것이고, 원래 의미는 '끝이 없는 것'이며 고통이 끝이 없다는 뜻이다. 여기서 가리키는 아비지옥(阿鼻地獄)은 불교에서 말하는 가장 고통스러운 지옥이다.【李蔡】

90 야(喏) : 고대의 존경의 표시이다. 읍을 하면서 동시에 입으로도 소리를 낸다. 여기서는 '인사하다'로 해석했다.【宋】

91 녹빈(綠鬢) : 검고 윤기 나는 머리카락이고 젊고 아름다운 것을 의미하기도 한다. 남조(南朝) 양(梁)의 오균(吳均)이 지은 「화소세마자현고의시(和蕭洗馬子

大限[94]到來無處避, 髑髏[95]何處問因衣[96].

女王與女衆, 香花送師行出城, 詩曰,

此中別是一家仙, 送汝前程往竺天.

要識女王姓名字, 便是文殊[97]及普賢[98].

顯古意詩)」3에는 다음과 같은 구절이 나온다. "검은 머리는 근심 속에 하얗게
변하고, 고운 얼굴 울음 속에 사그라진다(綠鬢愁中改, 紅顔啼裏滅)."【宋】 상무
인서관본에서는 빈(鬢)을 미(眉)로 고쳐 썼다.【李蔡】

92 침(枕) : 가리다. 닿다.【宋】

93 취미(翠眉) : 고대 중국 여성들은 검푸른 먹으로 눈썹을 그렸다. 진(晉)대 최표
(崔豹)가 펴낸『고금주(古今注)』「잡주(雜注)」에는 다음과 같은 문장이 나온
다. "위나라 궁인들은 긴 눈썹 그리는 걸 좋아해 지금도 검푸른 눈썹을 많이
그리고 쪽지는 것을 중시한다(魏宮人好畫長眉, 今多作翠眉警鶴髻)."【宋】

94 대한(大限) : 죽는 시기, 수명을 말한다. 돈황 변문 「여산원공화」에는 다음과
같은 문장이 나온다. "수명이 백세를 넘지 않는다(大限不過百歲)."【李蔡】

95 촉루(髑髏) : 사람이 죽고 나서 변한 해골이다. 사람이 죽어서 해골이 되면 그
사람의 배경이나 전생 같은 것은 아무 소용이 없다.『장자』「지락(至樂)」에는
다음과 같은 문장이 나온다. "장자가 초나라에 가는 길에 빈 해골을 보았다(莊
子之楚, 見空髑髏)." 송대 소식(蘇軾)의 「촉루찬(髑髏贊)」에도 다음과 같은 문
장이 나온다. "모래바람에 말라버린 해골은 원래 고운 얼굴이었겠지(黃沙枯髑
髏, 本是桃李面)."【宋】

96 인의(因衣) : 인의(因依)로도 쓰며 '원인'의 뜻이다. 돈황 변문 「유마힐경강경
문(維摩詰經講經文)」에는 다음과 같은 기록이 보인다. "여러 원인들이 있어 감히
갈 수가 없다(有數件因依不敢去)."『수호전(水滸傳)』22회에는 다음과 같은 문
장이 보인다. "소인은 전후의 원인을 알지 못합니다(小人不知前後因依)."【李蔡】

97 문수(文殊) : 문수보살. 문수사리(文殊師利) 혹은 만수실리(曼殊室利)의 생략
이다. 음역을 하면 묘길상(妙吉祥), 묘덕(妙德)이 된다. 정수리에 있는 5갈래의
쪽은 5가지 지혜를 상징한다. 검을 들고 푸른 사자를 타는데, 이는 지혜와 예리
함, 용맹을 상징한다.【宋】

98 보현(普賢) : 범문의 의역이다. 음역하면 삼만무발다라(三曼務跋陀羅)가 된다.

석가모니의 오른쪽 시불(侍佛)이고 이치의 덕을 관장한다. 지혜를 관장하는 왼쪽 시불인 문수보살(文殊菩薩)과 상대된다. 불교의 4대 보살 중 하나이다.【李蔡】

◎ 11번째 이야기

[번역] 왕모지王母池에 가다

취경길에 올라 수백 리를 가다가 삼장법사가 한숨을 쉬었다.

후행자가 말했다.

"사부님! 앞으로 50리를 더 가면 바로 서왕모西王母의 연못이 나옵니다."

삼장법사가 말했다.

"너는 예전에 가본 적이 있느냐?"

후행자가 말했다.

"제가 800살 때 그곳에서 복숭아를 훔쳐 먹고는 27,000살이 된 지금까지 가본 적이 없습니다."

삼장법사가 말했다.

"지금 만약 반도蟠桃 복숭아가 열려 있다면 몇 개를 훔쳐 먹으면 좋겠구나."

후행자가 말했다.

"제가 800살 때 10개를 훔쳐 먹고 서왕모에게 붙잡혀 철봉으로 왼쪽 옆구리를 800대, 오른쪽 옆구리를 3,000대 맞고 화과산花果山 자운동紫雲洞에 유배되었습니다. 지금도 옆구리에 그 통증이 남아있지요. 그래서 이제는 복숭아를 훔쳐 먹을 엄두가 전혀 나지 않습니다."

삼장법사가 말했다.

"후행자 너는 과연 대라신선大羅神仙이로구나. 원래 처음에는 네 녀석이 황하黃河가 맑아지는 것을 9번이나 봤다고 지껄여댈 때 허풍이라고 생각했다. 그런데 지금 보니 네가 어렸을 때 이곳에 와 복숭아를 훔쳤다고 한 말은 진짜였구나."

길을 계속 가다 보니 갑자기 10,000장丈이나 높은 석벽이 보이고 돌 받침 하나가 보였는데 그 너비는 4~5리 정도로 넓었다. 또 연못이 2개 있었는데 사방 너비가 수십 리이고 10,000장 길이까지 물이 출렁거리며 갈가마귀도 날아다니지 않았다. 삼장법사 일행 7명이 그곳에서 마침 앉아서 쉬고 있었는데, 고개를 들어 10,000장 높이의 석벽을 아득히 바라보니 복숭아나무 몇 그루가 보였다. 그 나무들은 무성하고 우뚝 솟아 있으며 푸르렀다. 위로는 푸른 하늘에 맞닿아 있고 나뭇잎은 우거졌으며 밑 부분은 연못 속에 잠겨 있었다.

삼장법사가 말했다.

"이것은 설마 반도蟠桃 복숭아나무가 아니냐?"

후행자는 말했다.

"작은 소리로 조용히 말씀하시고 큰 소리를 내지 마십시오. 이곳은 서왕모의 연못입니다. 제가 어릴 적에 이곳에서 도둑질을 해서 그런지 지금도 두렵습니다."

삼장법사가 말했다.

"어찌하여 가서 복숭아를 훔치지 않는 거냐?"

후행자가 말했다.

"이런 종류의 복숭아는 1,000년이 지나야 싹이 트고, 3,000년이 되어야 꽃이 피며, 10,000년이 지나야 열매를 맺습니다. 열매는 다시 10,000년이 지나야 익습니다. 그래서 그 열매를 1알만 먹을 수 있어도 3,000수를 누릴 수 있습니다."

삼장법사가 말했다.

"어쩐지 네가 그리 오래 산다 했더니만."

후행자가 말했다.

"지금은 나무 위에 복숭아가 10개 정도 달려있는데 지신地神들이 주로 그곳을 지키고 있어 훔칠 길이 없습니다."

삼장법사가 말했다.

"너는 신통력이 강하니 가도 거리낄 것이 없지 않느냐?"

말이 채 끝나기도 전에 반도 복숭아 3알이 연못 속으로 떨어졌다. 삼장법사는 깜짝 놀라 물었다.

"저기 떨어진 것이 무엇이냐?"

후행자가 대답했다.

"사부님! 놀라지 마십시오. 저것은 반도 복숭아가 마침 익어서 연못 속으로 떨어진 것입니다."

삼장법사가 말했다.

"찾아와서 먹는 게 좋겠다."

후행자가 곧바로 금환석장金鐶錫杖으로 돌 받침을 3번 두드리자 아이 하나가 나타났다. 얼굴은 푸른색을 띠고 손톱은 매와 꿩 같으며 이를 드러내고 웃으면서 연못 속에서 나왔다.

후행자가 물었다.

"너는 몇 살이냐?"

아이가 대답했다.

"3,000살이옵니다."

후행자가 말했다.

"난 네가 필요 없다."

다시 5번을 두드리니 보름달 같은 얼굴에 몸에는 수놓은 띠를 두른 아이 하나가 나타났다.

후행자가 물었다.

"너는 몇 살이냐?"

그 아이는 대답했다.

"5,000살이옵니다."

후행자가 말했다.

"너도 필요 없다."

다시 여러 번 두드리니 뜻밖에 아이 하나가 또 나타났다.

후행자가 물었다.

"너는 몇 살이냐?"

그 아이가 대답했다.

"7,000살이옵니다."

후행자는 금환장을 내려놓고 아이를 손 안에 불러놓고 물었다.

"스님! 드시겠습니까?"

삼장법사는 그 말을 듣고 깜짝 놀라 도망갔다. 후행자는 손 안에서 아이를 여러 번 돌려 작은 대추로 만들어 곧바로 입안에 집어넣었다. 후에 동토東土의 당나라로 돌아와 서천西川에 이르러 마침내 그것을 뱉어 냈다. 지금까지 그곳에서 인삼人蔘이 나는 것은 이러한 연유에서이다.

공중에서 한 사람이 다음과 같은 시를 읊조렸다.

화과산의 한 자제가
어릴 적 이곳에서 소동을 부렸지.
지금 귀에 익은 목소리 들려 공중에서 보니
예전에 복숭아를 훔친 객이 다시 왔구나.

入王母池[99]之處第十一

登途行數百里, 法師嗟嘆.

猴行者曰, "我師且行, 前去五十里地, 乃是西王母池."

---

99 왕모지(王母池) : 왕모는 중국 신화 속의 여신 서왕모(西王母)이고, 왕모지는 서왕모가 사는 곤륜산(昆侖山)의 연못인 요지(瑤池)이다. 요지는 고대 중국의 신화서이자 지리서인 『목천자전(穆天子傳)』에 처음 나온다. 서왕모가 반도(蟠桃) 복숭아와 문학적으로 처음 연결되는 것은 위진(魏晉) 시기 도교 소설인 『한무제내전(漢武帝內傳)』에서이고, 여기서 서왕모는 한(漢)나라 무제(武帝)에게 불로장생의 반도 복숭아를 준다. 한무제가 복숭아 씨를 심으려 하자, 서왕모는 중국의 토질이 적합하지 않고, 복숭아 나무는 3,000년에 1번만 열매를 맺으니 심지 말라고 말린다. 명(明)의 홍무제(洪武帝)도 원(元)나라 왕실의 보물창고에서 반도의 씨를 얻었는데, 그 씨에는 서왕모가 한 무제에게 반도 씨를 주었다는 10글자의 기록이 있었다고 한다.【宋】 은허(殷墟) 복사(卜辭)에서부터 동모(東母)와 서모(西母)라는 말이 나온다. 『산해경』 「서산경(西山經)」에는 다음과 같은 기록이 보인다. "서왕모는 그 형상이 사람과 같고 표범의 꼬리에 호랑이 치아를 가졌으며, 휘파람을 잘 불고 덥수룩한 머리에 머리꾸미개를 꽂았다(西王母, 其狀如人, 豹尾虎齒而善嘯, 蓬髮戴勝)." 서왕모는 역병과 형벌을 관장하는 괴신(怪神)이다. 그 연원을 살펴보면 아마도 중국 서부 민족의 여자 조상, 여자 추장에서 변화된 대모신(大母神)인 것 같다. 후에 역대 문헌에 기록되면서 내용이 보태졌고 그 형상과 직분도 많이 바뀌었다. 『목천자전』에서는 그녀를 주(周) 목왕(穆王)과 시로 화답(和答)하는 여성 군주로 기록하였다. 『한무제내전』에서 그녀는 절세미인이고 선녀들을 거느린 여신으로 나온다. 한(漢)대에는 이미 신격화 되어 당시 그림에는 하늘에 오른 신선 혹은 날개가 있어 구름을 타고 다니는 형상으로 그려졌다. 『한서(漢書)』 「교사지(郊祀志)」에 따르면 만백성이 서왕모에게 제사를 지냈고, 동왕공(東王公)과 대등하게 신계에서 남녀 영수로 모셔졌다. 송원(宋元)대에 이르면 옥황대제(玉皇大帝)의 부인인 왕모낭낭(王母娘娘)으로 바뀐다. 왕모지는 바로 서왕모의 요지(瑤池)를 말한다. 『목천자전』에는 다음과 같은 기록이 나온다. "을축일에 천자가 요지에서 서왕모와 술을 마셨다(乙丑, 天子觴西王母於瑤池之上)." 당나라 사람들은 서왕모가 요지에 산다고 생각했다. 이상은(李商隱)의 시 「요지(瑤池)」에는 다음과 같은 구절이 나온다. "요지에 사는 서왕모가 비단 창문을 여네(瑤池阿母綺窓開)."【李蔡】

法師曰, "汝曾到否?"

行者曰, "我八百歲時, 到此中偷桃喫了, 至今二萬七千歲不曾來也."

法師曰, "願今日蟠桃[100]結實, 可偷三五個喫."

猴行者曰, "我因八百歲時偷喫十顆, 被王母捉下, 左肋判八百, 右肋判三千鐵棒, 配在花果山紫雲洞. 至今肋下尚痛. 我今定是敢偷喫也."

法師曰, "此行者亦是大羅神仙[101]. 元初說他九度見黃河清, 我將謂[102]他妄[103]語, 今見他說小年曾來此處偷桃, 乃是真言."

前去之間, 忽見石壁高岑[104]萬丈, 又見一石盤, 闊四五里地, 又有兩

---

100 반도(蟠桃) : 중국 전설 속의 반도 복숭아이고, 서왕모의 정원에서 자라며 3,000년에 한 번씩 열매가 열린다. 이것을 먹으면 영생을 얻는다고 한다. 서왕모는 반도 복숭아가 열리면 신선들을 초대해 성대한 연회를 베풀었고, 자신이 좋아했던 주목왕(周穆王)과 한무제(漢武帝)에게도 이 복숭아를 선물했다. 14세기 명나라의 주원장(朱元璋)도 예전에 한무제가 소유했다는 반도석을 선물받았다고 한다. 소설『서유기』제5회에도 손오공이 서왕모의 반도원(蟠桃園)에서 복숭아를 훔쳐 먹고 천궁에서 소란을 피우는 이야기가 나온다. 이 이야기는 천방지축인 손오공이 신성한 천궁에서 한바탕 소란을 피우는 소위 '대료천궁(大鬧天宮)' 고사이다.【宋】

101 대라신선(大羅神仙) : 대라천은 가장 높은 하늘을 가리킨다. 이곳의 최고 존재인 원시천존 아래의 신선이 대라신선이다.【宋】대라천은 중국 도교의 소위 36천 중 가장 높은 층의 하늘이고 바로 도경극지(道境極地)이다. 돈황 변문「엽정능시(葉淨能詩)」에는 다음과 같은 기록이 보인다. "존경하는 법사와 이별한 뒤에 대라천에서 서로 만날 날 고대하네(辭尊師去後, 於大羅天中, 爲期相見)."【李蔡】

102 장위(將謂) : '여기다', '생각하다'이다. 돈황 변문「태자성도경(太子成道經)」「부록」에는 다음과 같은 기록이 보인다. "스스로 신부가 되어 왕궁에 들어왔고 낭군님의 마음이 한결같을 것으로 생각했습니다(自爲新婦到王宮, 將謂君心有始終)."【李蔡】

103 망(妄) : 원래 첩(妾)으로 되어 있었는데 지금은 상무인서관본과 고전문학본을 근거로 수정했다.【李蔡】

104 고금(高岑) : 석벽이 높고 험준한 모양【宋】금(岑)은 잠(岺)인 듯하다.『설문

池, 方廣數十里, 溾溾[105]萬丈, 鴉鳥不飛. 七人纏坐, 正歇之次, 擧頭遙望萬丈石壁之中, 有數株桃樹, 森森聳翠, 上接青天, 枝葉茂[106]濃, 下浸池水.

法師曰, "此莫[107]是蟠桃樹?"

行者曰, "輕輕小話, 不要高聲! 此是西王母池. 我小年曾此作賊了, 至今由怕."

法師曰, "何不去偸一顆?"

猴行者曰, "此桃種一根, 千年始生, 三千年方見一花, 萬年結一子, 子萬年始熟. 若人喫一顆, 享年三千歲."

師曰, "不怪汝壽高."

猴行者曰, "樹上今有十餘顆, 爲地神專在彼處守定, 無路可去偸取."

師曰, "你神通廣大, 去必無妨."

說由未了[108], 攛下三顆蟠桃入池中去.

해자(說文解字)』에서 "잠(岑)은 산이 작지만 높은 것이다(岑, 山小而高)"라고 했고『방언(方言)』의 곽박(郭璞)의 주에서는 다음과 같이 말했다. "잠음(岑崟)이란 험준하고 가파른 것이다(岑崟, 峻兒也)."【李蔡】

105 미미(溾溾) : 세계 출렁이는 것.【宋】

106 무(茂) : 원래 성(晟)으로 되어 있었는데 잘못된 것이다. 지금은 상무인서관본과 고전문학본을 근거로 수정했다.【李蔡】

107 막(莫) : 막비(莫非)와 같으며 "설마 ⋯⋯란 것인가?", "⋯⋯임에 틀림없다"이다.【宋】 추측하는 어조를 표현하며, 당송(唐宋) 시기에 자주 보이는 용법이다.【李蔡】

108 전(攛) : 고전문학본에서는 전(攧)으로 바뀌어 있으나, 이 두 글자는 모두 사전에 실려 있지 않다. 원래 글자는 전(槙)이었을 것이고, 통용되는 자는 전(顚)이다.『설문해자』에는 다음과 같은 문장이 보인다. "전(槙)은 나무 꼭대기이고,

師甚敬惶, 問, "此落者是何物?"

答曰, "師不要敬, 此是蟠桃正熟, 攧下水中也."

師曰, "可去尋取來喫."

猴行者即將金鐶杖[109]向盤石上敲三下, 乃見一個孩兒, 面帶青色, 瓜似鷹鵰[110], 開口露牙, 從池中出.

行者問, "汝年幾多?"

孩曰, "三千歲."

行者曰, "我不用你."

又敲五下, 見一孩兒面如滿月, 身掛繡纓[111].

行者曰, "汝年多少?"

答曰, "五千歲."

行者曰, "不用你."

又敲數下, 偶然一孩兒出來.

목(木)을 따르며 진(真)으로 소리 난다. 나무를 넘어뜨리는 것을 말한다(槙, 木頂也, 從木真聲. 一曰仆木也)." 단옥재(段玉裁)는 주에서 다음과 같이 말했다. "사람이 넘어지는 것을 전(顛)이라 하고, 나무가 넘어지는 것을 전(槙)이라 한다. 사람은 넘어져도 갈 수 있지만 나무는 넘어지면 죽는다(人仆曰顛, 木仆曰槙. 顛行而槙廢矣)." 『상서尙書』 「반경盤庚」에서 "타락하여 공경하지 않는다(顛越不恭)"고 했고, '전(傳)'에서는 "전(顛)은 추락하는 것이다(顛, 隕也)"라고 했다. 『대당삼장취경시화』에서는 반도 복숭아가 나무에서 떨어져 연못 속으로 들어가는 것을 말한다.【李蔡】

109 금환장(金鐶杖):금환석장(金鐶錫杖).【宋】

110 응요(鷹鵰):새의 종류인 매.【宋】

111 수영(繡纓):비단 옷과 끈목걸이. 신괘수영(身掛繡纓)은 몸에 비단 옷을 걸치고 끈 목걸이를 한 모습이다.【宋】

問曰, "你年多少?"

答曰, "七千歲."

行者放下金鐶杖, 叫取孩兒入手中問, "和尚, 你喫否?"

和尚聞語心敬, 便走. 被行者手中旋數下, 孩兒化[112]成一枝乳棗[113], 當時吞入口中. 後歸東土唐朝, 遂吐出於西川[114]. 至今此地中生人參[115]是也. 空中見有一人, 遂吟詩曰,

花菓山中一子方, 小年曾此作場[116]乖.

---

112 화(化) : 원래 화(花)로 되어 있었는데 잘못된 것이다. 지금은 상무인서관본과 고전문학본을 근거로 수정했다.【李蔡】

113 유조(乳棗) : 대추의 일종이다. 대조(大棗)에 비해 크기가 작은 대추이다.【宋】

114 서천(西川) : 당대에 처음 시작된 행정구역명이다. 검남절도사(劍南節度使)가 검남동천절도사(劍南東川節度使)와 검남서천절도사(劍南西川節度使)로 나뉘면서, 검남동천을 동천(東川)으로, 검남서천을 서천(西川)으로 간칭하였고 서천이라는 지역명이 나오게 되었다. 『삼국연의(三國演義)』에도 서천이 나오는데 대부분 익주(益州)를 가리킨다. 어떤 경우에는 익주의 서쪽 지역만을 가리키기도 했다. 당송대에 서천은 지금의 쓰촨(四川) 중부의 일부 지역을 가리켰다.【宋】

115 인삼(人參) : 『서유기』 제24회부터 26회에서는 신비한 '인삼과(人參果)' 고사가 나오는데, 이는 바로 이 책의 '11번째 이야기'의 내용에 환상적인 요소가 더해져 만들어진 것이다. 『서유기』의 인삼과 고사를 간단히 살펴보면 다음과 같다. 손오공은 만수산(萬壽山) 오장관(五莊觀)의 진원대선(鎭元大仙)의 정원에서 저팔계(猪八戒)와 몰래 인삼과 열매를 훔쳐 먹다가 들켜 벌을 받는다. 인삼과 나무에는 3,000년마다 어린아이 모양의 열매가 열리는데, 이것을 먹으면 불로장생할 수 있다. 이러한 인삼과 고사는 원래 대식국(大食國) 즉 아라비아 등의 외국에서 유행하던 이야기가 중국으로 전래되어 유행하다가 『대당삼장취경시화』에 기록된 것으로 추정된다.【宋】

116 작장(作場) : 원래 민간 예인(藝人)이 판을 벌리고 공연하는 것이다. 육유(陸游)의 시 「소주유근촌사주보귀(小舟遊近村舍舟步歸)」에는 다음과 같은 구절이 나

而今耳熱[117]空中見, 前次偷桃客又來[118].

[번역] 침향국沉香國에 가다

삼장법사 일행이 계속 가다가 홀연히 한 곳을 발견했는데 현판에는 '침향국'이라고 써 있었다. 침향목이 10,000리까지 늘어서 있고 그 크기는 여러 아름이 될 정도로 굵으며, 고목들이 은하수에 닿을 만큼 우뚝 솟아 있었다. 삼장법사 일행은 당나라 땅에는 이런 침향 나무 숲이 전혀 없었던 것을 떠올리면서 다음과 같이 시를 남겼다.

침향이라는 나라에는 사람이 살지 않고

높고 푸른 나무만 10,000리에 늘어서 있네.

계속 가면 또 바라내국에 도착하니

오로지 서천으로 가서 불경 가져오리라.

師行前邁, 忽見一處, 有牌額云沉香國. 只見沉香樹木[119], 列占萬里,

大小數圍, 老株[120]高侵雲漢[121]. 想我唐土[122], 必無此林[123], 乃留詩曰,

國號沉香不養人, 高低[124]聳翠列千尋[125].

---

119 침향수목(沉香樹木) : 침향목을 말하고 아열대 지역에서 주로 나며 향료, 약재, 가구의 재료로 쓰인다. 침향목은 침수향(沉水香)으로도 불리는데 목질이 단단하여 대부분 물에 뜨지 않기 때문이다. 침향목을 태우면 강한 향기가 나고, 검은 색 기름형태의 물질이 나온다. 지금의 중국 윈난(雲南)과 푸젠(福建) 등지와 동남아시아 특히 인도네시아, 말레이시아, 싱가포르 등지에서 양질의 침향목이 생산된다. 침향목은 약재로도 쓰였다. 『본초강목(本草綱目)』에는 다음과 같은 기록이 나온다. "침향목은 강한 항균효능을 지녀 향기가 폐에 들어가면 정신을 맑게 하고 기운을 다스리며, 오장을 개선하고 기침을 멎게 하며 염증을 치유하고, 위와 폐를 따뜻하게 하며 기를 통하게 하고 통증을 편안하게 하여 약으로 쓸 수 있으니 상등급의 약재 중 최상품이다(沉香木具有強烈的抗菌效能, 香氣入脾, 淸神理氣, 補五臟, 止咳化痰, 暖胃溫脾, 通氣定痛, 能入藥, 是上等藥材極品)."【宋】

120 주(株) : 원래 수(殊)로 되어 있었는데 잘못된 것이다. 이 책의 제11처에는 다음과 같은 문장이 보인다. "몇 그루의 복숭아나무가 있는데 무성하고 우뚝 솟아 푸르며, 위로는 하늘에 맞닿아 있다(有數株桃樹, 森森聳翠, 上接靑天)." 문장의 의미가 여기서의 뜻과 비슷하여 입증할 수 있다. 상무인서관본에서는 이미 바르게 고쳤고 지금은 그것을 따랐다.【李蔡】

121 운한(雲漢) : 은하수, 높은 하늘.【宋】

122 토(土) : 원본에는 상(上)으로 되어 있는데 글자가 훼손되어 오류가 생긴 것이다. 지금은 상무인서관본과 고전문학본을 근거로 수정했다.【李蔡】

123 필무차림(必無此林) : 침향이 인도와 태국 등의 동남아시아와 남아시아 지역에서 많이 나므로 이렇게 말한 것이다. 중국 하이난다오(海南島)에서 나는 것은 토침향(土沉香)이고 여아향(女兒香), 애향(崖香)으로도 불린다. 목재에서 향기가 나며 용도는 침향과 같다.【李蔡】

124 고저(高低) : 키, 높이.【宋】

125 심(尋) : 고대의 길이의 단위이다. 1심은 8척(尺)이므로 1,000심은 정확히는

前行又到波羅國¹²⁶, 專往西天取佛經.

---

126 바라국(波羅國) : 바라내국. 바라는 바라나시(Vārnāsī) 또는 바라내(波羅㮈),
　바라나스(波羅奈斯), 바라날(婆羅疤斯)로도 쓴다. 강요성(江遶城)으로도 번역
　한다. 옛날 중인도 마가다국(마게타국(摩竭陀國), 마갈타국(摩竭陀國))서북쪽
　에 있는 나라이다. 별명은 카시(迦尸)다. 예전 오우드 지방 베나레스(Benares)
　시에 해당한다. 석가모니가 성도한 지 삼칠일 후에 이 나라의 녹야원에서 처음으
　로 설법하여 교진여 등 5비구를 제도하고, 그 뒤 200년이 지나서 아육왕이 그
　영지를 표시하기 위하여 2개의 돌기둥을 세웠다. 지금 바라나시는 인도 북부
　우피주 남동부에 위치하고, 힌두교도들이 성소로 여기는 7개의 도시들 중 하나
　이다. 갠지스강의 왼쪽 언덕에 자리 잡고 있다. 이곳은 예로부터 고대 인도의
　16개국 가운데 하나로서 중인도의 수륙 교통과 상업무역의 요충지였고 인도
　대륙의 종교, 교육, 예술 활동의 중심지였다. 바라나시는 목욕계단인 가트
　(Ghāt)로 유명하여, 힌두교도들은 일생에 단 한 번이라도 이곳에서 성스러운
　목욕을 하고 죽음을 맞을 수 있기를 바란다. 매년 100만 명이 넘는 순례자들이
　이곳을 방문한다.【宋】

[번역] **바라내국波羅㮈國에 가다**

　바라내국 안으로 들어가 보니 별천지의 천궁이었다. 아름다운 여인들은 온화하고 점잖았고, 인가가 흐릿하게 보이는데 큰 아이들은 시끄럽게 떠들고 작은 아이들은 공을 차며 시시덕거리고 있었다. 사자는 용과 함께 노래하고, 부처바위는 호랑이와 휘파람을 불었다. 이렇게 나라 안에 상서로운 기운이 가득하고 경관이 특이한 것을 보고 시를 지어 칭송하였다.

　　바라내국은 별천지의 선궁이니

　　미녀들과 인가가 선경 속에 있구나.

　　큰 아이, 작은 아이 모두

　　우리의 고생스런 서천 여행 알아주네.

　　동토의 중생은 몹시 감격하여

　　3년간 보이지 않던 눈물 쌍으로 흘리네.

　　영명하신 당태종唐太宗이시여!

　　현장玄奘이 취경하여 대당大唐을 강성케 하리라.

　　백만 리의 여정에서 하늘의 이치를 밝히고

　　현묘한 가르침 영접하며 부처님 말씀 청하네.

入到波羅國內, 別是一座天宮. 美女雍容[127]. 人家髣髴[128], 大孩兒鬧攘攘[129], 小孩兒衰毬嬉嬉, 獅子共龍吟, 佛嵒[130]與虎嘯. 見此一國瑞氣, 景象異常, 乃成詩讚曰,

波羅別是一仙宮, 美女人家景色[131]中.

大孩兒, 小孩兒, 辛苦西天心自知.

東土衆生[132]多感激, 三年不見淚雙垂.

大明皇[133], 玄奘[134]取經壯大唐.

---

127 옹용(雍容) : 온화하고 점잖다, 의젓하고 화락하다.【宋】

128 방불(髣髴) : 원래는 불확실하게 보이는 것이다.『문선(文選)』「신녀부(神女賦)」「서(序)」에서는 "눈이 흐릿해 가물가물하다(目色髣髴)"라고 했고, 주에서는 "방불이란 희미하게 보이는 것이다(髣髴, 見不審也)"라고 했다. 보통 신선과 같은 존재를 묘사할 때 쓴다. 예를 들어『사기(史記)』「사마상여열전(司馬相如列傳)」에는 다음과 같은 기록이 나온다. "어슴푸레한 것이 마치 신선을 방불케 한다(眇眇忽忽, 若神之髣髴)." 여기서는 상서로운 기운에 둘러싸여 생긴 희미하고 어렴풋한 광경이다.【李蔡】

129 양양(攘攘) : 혼란한 모양.【宋】

130 암(嵒) : 암(巖)과 같고, 바위를 말한다. 불암(佛嵒)은 부처님이 새겨진 큰 바위이다.【宋】

131 경색(景色) : 상무인서관본과 고전문학본에서 모두 경상(景象)으로 바꿔 썼다.【李蔡】

132 동토중생(東土衆生) : 여기서는 삼장 일행을 가리킨다. 삼장 일행이 동토 즉 동쪽의 당나라에서 왔으므로 이렇게 말한다. 중생은 스스로를 겸손하게 칭한 것이다.【宋】

133 대명황(大明皇) : 지혜롭고 총명한 황제를 의미한다. 여기서는 현장이 서천취경했던 당시에 당의 황제였던 당태종을 가리킨다.【宋】

134 장(奘) : 원래 장(奘)으로 되어있었는데 오류이다. 상무인서관본과 고전문학본에 근거해 수정했다.【李蔡】

程途百萬窮天日[135]，迎請玄微[136]請法王[137].

---

135 천일(天日) : 하늘, 태양, 빛, 하늘의 이치의 뜻이고, 여기서는 '하늘의 이치'로
해석했다.【宋】

136 현미(玄微) : 심원한 뜻을 지닌 가르침이나 경문(經文)을 의미한다.【宋】

137 법왕(法王) : '법문의 왕'이라는 뜻이고 부처를 가리킨다.【宋】

下

대당삼장취경시화 하권

번역 우발라국優鉢羅國에 가다

삼장법사 일행이 길을 가다가 우발라국에 도착했는데 등나무가 얽혀있고 10,000리까지 온통 꽃과 나무로 가득했다.

삼장법사가 후행자에게 물었다.

"이곳이 어디냐?"

후행자가 대답했다.

"이곳은 우발라국입니다. 나라 안에 가득한 상서로운 기운은 모두 우발라수보리화優鉢羅樹菩提花 때문입니다. 자생하는 이 나무는 뿌리와 잎이 봄, 여름, 가을, 겨울 없이 일 년 내내 저절로 자랍니다. 꽃가지는 항상 만발하고 꽃은 늘 향기로운데, 이는 세찬 바람이 불지 않고 뜨거운 햇빛도 없으며, 겨울추위도 오지 않고 어두운 밤도 없으며, 봄이 길기 때문이지요."

삼장법사가 물었다.

"이곳은 어째서 밤이 없는 것이냐?"

후행자가 말했다.

"부처님의 세상에는 4계절이 없고 붉은 해가 서쪽으로 지지 않습니다. 어린아이 같은 얼굴은 늙지 않고, 사람이 죽더라도 슬퍼하지 않지요. 사람의 수명은 1,200살이고 나무의 두께는 10아름에 이르지요. 이런 풍경에 도달한 사람에게는 100세의 선한 인연이 이를 것입니다. 우리가 지나온 시간은 20년이지만 장차 동토로 돌아갈 때를 알 수는 없습니다. 그 동안 조종祖宗은 수십 대代가 바뀌었고 가문도 더 이상 이어지지 않습니다. 뽕나무 밭은 바다로 변했고 산은 시내가 되었습니다. 부처님 세상에서의 하루가 속세의 1,000일임을 누가 알겠습니까? 스승님께서 천축국에 도착하기까지 여정이 얼마 남지 않았습니다."

후행자는 다음과 같이 시를 읊조리며 말했다.

우발라국 하늘에 상서로운 기운이 가득한데
이 풍경이 서천 천축국과 비슷함을 누가 알리오.
부지런히 그곳에 가서 경전의 가르침을 구하고자 하니
천축국이 분명 앞에 있구나.

원문 入優鉢羅國處第十四[1]

行次入到優鉢羅國[2], 見藤蘿繞繞, 花蕚紛紛, 萬里之間, 都是花木.

遂問猴行者曰, "此是何處?"

答曰, "是優鉢羅國. 滿國瑞氣, 盡是優鉢羅樹菩提花[3]. 自生此樹, 根葉

自然, 無春無夏, 無秋無冬. 花枝常旺, 花色常香, 亦無猛風, 更無炎日,

雪寒不到, 不夜長春."

師曰, "是何無夜?"

行者曰, "佛天無四季, 紅日不沉西. 孩童顔不老, 人死也無悲. 壽年千

1　대자본에는 책 말미에 '신조대당삼장법사취경기권제삼(新雕大唐三藏法師取經記卷第三)'이라고 되어 있다.【李蔡】

2　우발라국(優鉢羅國) : 범어 웃팔라(Utpala)의 음역이고 수련이다. 푸른색 연꽃이 많이 피어있는 나라인 것 같다. 우발라는 불교 경전에서는 부처의 눈에 비유된다.【宋】 라(羅)자는 대자본에서는 유(維)로 되어 있는데 잘못된 것이다.【李蔡】

3　우발라수보리화(優鉢羅樹菩提花) : 우발라와 보리화는 별개의 것인데 여기서는 2 개가 하나로 합쳐져 있다. 보리수(菩提樹)로 알려진 나무는 원명이 핍팔라(Pip-pala)인데 부처가 이 나무 아래에서 깨달음(Bodhi, 보리(菩提))을 얻어 보리수로 불리게 되었다.【宋】 당대 잠삼(岑參)이 쓴 「우발라화가(優鉢羅花歌)」가 있다. 『속일체경음의(續一切經音義)』 1과 『대승이취육바라밀다경(大乘理趣六波羅密多經)』 2 「올발라(嗢鉢羅)」를 참고한다. 우발라는 수련과 식물이고 나무는 아니다. 보리수는 뽕나무과 상록교목이고 높이는 10~15미터에 이른다. 불교 전설에서 석가모니가 이 나무 아래에서 각성하여 진리를 깨달아(보리(菩提)) 성불했으므로 이 나무를 보리수로 이름 했다. 『대당서역기大唐西域記』 권8의 「마가다국(마게타국(摩揭陀國), 마갈타국(摩竭陀國))」 상(上)에는 다음과 같은 문장이 나온다. "보리수는 필발라수(畢鉢羅樹)이다. 옛날에 부처님이 살아계셨을 때 그 나무의 높이가 수백 척(尺)이었는데, 여러 번 베어도 여전히 높이가 4, 5장(丈)에 이르렀다. 부처님이 그 아래에 앉아 바른 깨달음을 이루셨으므로 그것을 보리수라고 부른다(菩提樹者, 卽畢鉢羅樹也. 昔佛在世, 高數百尺, 屢經殘伐, 猶高四五丈. 佛坐其下, 成等正覺, 因而謂之菩堤樹焉)." 『대당삼장취경시화』의 작자가 필발라(畢鉢羅)와 우발라(優鉢羅)를 동일한 것으로 착각하여 '우발라보리화(優鉢羅菩提花)'라는 명칭을 만들어낸 것 같다.【李蔡】

二百, 飯長一十圍[4]. 有人到此景, 百世善緣歸. 來時二十歲, 歸時歲不知.
祖宗數十代, 眷屬不追隨. 桑田變作海, 山岳却成溪. 佛天住一日, 千日
有誰知. 我師詣竺國, 前路只些兒[5]."

行者再吟詩曰,

優鉢羅天瑞氣全, 誰知此景近西天.
慇懃到此求經敎, 竺國分明只在前.

---

4 반장일십위(飯長一十圍): 반장(飯長)은 나무의 두께이고, '반장일십위'는 나무
두께가 10아름이나 될 만큼 두껍고 고목이라는 뜻이다.【宋】상무인서관본에서는
반(飯)을 령(領)으로 썼는데 그래도 의미가 통하지 않는다. 반은 반나(飯那)의
축약인 것 같다. 반나는 범문의 음역으로, 현응(玄應)의 『일체경음의(一切經音
義)』권1에는 다음과 같은 문장이 나온다. "반나는 여기서는 숲을 말한다(飯那,
此云林也)." 위의 글에서 우발라국에는 봄, 여름, 가을, 겨울이 없고 꽃과 가지가
늘 울창하다고 했다. 여기서는 숲의 나무가 굵고 큰 것을 말하는 것으로 보아야
그 의미가 통할 것 같다. 또한 제12처에서도 '위(圍)'를 가지고 나무가 굵고 크다
는 것을 설명했는데 다음과 같다. "침향목이 10,000리까지 늘어서 있고 크기는
여러 아름이 될 정도로 굵었다(只見沉香樹木列佔萬里, 大小數圍)." 그러나 반(飯)
자의 이런 용법의 다른 용례를 아직 본 적이 없으므로 추측하는 것이고 더 살펴봐
야 할 것 같다.【李蔡】
5 사아(些兒): '조금'의 뜻이다. 『칠국춘추평화(七國春秋平話)』상(上)에는 다음과
같은 문장이 나온다. "도끼질은 미세한 것도 명중하지만, 창 싸움은 약간의 치우침
이 있을 수 있어 조금이라도 집중력을 잃으면 곧바로 죽어 황천길로 간다(斧砍分
毫中, 槍爭半點偏, 些兒心意失, 目下喪黃泉)."【李蔡】

번역 천축국天竺國에 가서 바다를 건너다

삼장법사가 길을 가고 있을 때 후행자가 알려왔다.

"우리 사부님은 잘 모르시겠지만 여기까지 온 것이 막 어제 일 같은데 지금 벌써 3년이 지났습니다. 이곳은 서천西天 천축국이고, 계족산鷄足山에서 가깝지요."

사흘을 더 가니 성문 하나가 보이고 문 위 현판에는 '천축국天竺國'이라고 쓰여 있었다. 성문 안으로 들어서자 저잣거리와 누대가 보이고 상서로운 기운이 가득하며, 사람들과 마차가 분주히 다녔다. 향 연기가 모락모락 피어오르고 꽃과 과일은 겹겹이 쌓여 있으며, 모든 것이 새로워 세상에서 보기 드문 광경이었다.

다음으로 절 하나가 보였는데 절 이름은 '복선사福仙寺'였다. 절 안으로 들어가 지객知客 스님을 알현하였다. 그곳은 승려 일행 5,000여 명으로 가득 차 있었다. 다음으로 삼장 일행은 주지 스님을 알현했고 주두廚頭 스님도 배알했다. 절 안에는 향 연기가 늘어지듯 피어오르고 깃발과 일산이 많아 어지러웠으며, 불교 기구들이 잘 갖춰져 있고 칠보七寶가 사이사이에 섞여 있었다. 금방울을 한번 길게 흔들자 즉시 시주음식이 차려졌다.

삼장법사가 후행자에게 말했다.

"이곳의 시주음식은 잘 차려져 있긴 한데 그 맛을 모르겠구나."

후행자가 말했다.

"이것은 서천의 부처님이 공양하는 음식으로, 백 가지 맛이 그때마다 새로우니 범속의 사람들이 어찌 그 맛을 알 수 있겠습니까?"

삼장일행은 식사를 마치자 온몸이 확 뚫리는 것 같았다. 날이 어두워지자 주지 스님은 삼장법사를 초청해 사람의 마음에 대해 강연과 토론회를 개최하였다. 주위로 차를 돌리고 나서 주지 스님은 삼장법사에게 물었다.

"멀리서 이곳까지 오신 것은 무슨 연유인지요?"

삼장법사가 일어나 말했다.

"당 황제의 칙서를 받잡고 아직 불가의 가르침을 얻지 못한 동토의 중생을 위해 특별히 이 나라에 왔습니다. 대승불교의 가르침을 청하고자 합니다."

그때 마침 절의 스님이 이 이야기를 듣고 냉소를 띤 채 고개를 숙이며 말했다.

"우리 복선사에서는 수천여 년의 시간이 흐르고 만대를 이어오는 동안 불법이란 걸 들어본 적이 없습니다. 스님께서 불법을 청한다고 말씀하셨는데 불법이란 것이 어디에 있는지요? 부처님이 어디에 계시는지요? 당신은 참 어리석은 분입니다."

삼장법사가 물었다.

"이곳에 불법이 없다면 어찌하여 절이 있고 스님이 계신 겁니까?"

스님이 말했다.

"이곳 사람들은 일 년 내내 경전을 공부해 불가의 본질을 저절로 통달하니 굳이 배움을 청할 필요가 있겠습니까?"

삼장법사가 여쭈었다.

"이곳 선경仙景은 참으로 총명하십니다. 불가에서 바라는 바를 그대로 보여주시는군요."

스님이 대답했다.

"부처님이 계족산에 머무실 때, 그곳에서 멀리 서쪽으로 명산 하나가 보였는데, 영험한 기운이 밝게 빛나고 사람도 이를 수 없으며 새도 날아서 갈 수 없는 곳이었습니다."

삼장법사가 말했다.

"어찌하여 사람이 이를 수 없다는 것입니까?"

스님이 대답했다.

"이곳에서부터 시냇물까지 1,000리를 가야 하고, 시냇물을 건너 산까지는 500여 리를 가야 합니다. 시냇물의 물결은 출렁대고 그 파도는 매우 거셉니다. 산 정상에는 문이 하나 있는데 그곳이 바로 부처님이 계시는 곳입니다. 산 아래에서 1,000여 리를 올라가야 석벽에 도착하고 비로소 그 문에 이르게 됩니다. 법사께서 하늘을 날 수 있어야만 겨우 이를 수 있는 곳입니다."

삼장법사가 이 이야기를 듣고 고민이 되어 고개를 숙인 채 후행자에게 물었다.

"이곳에서부터 부처님이 계시는 곳까지 산과 바위가 10,000리까지 이어져 있고 파도는 1,000리까지 친다는데 무슨 계획이라도 있느냐?"

후행자가 말했다.

"제가 나중에 따로 계획을 세워보겠습니다."

날이 밝자 후행자가 말했다.

"이곳은 불법도 자연스러워야 합니다. 사부님은 정성을 다해 화로에 좋은 향을 피우고 땅에는 방석을 깔고 서천 천축국의 계족산을 향해 기도하고 가르침을 청하십시오."

삼장법사는 후행자의 말에 따라 진심을 다해 청하였다. 복선사의 스님들이 모두 나와 지켜보았다.

삼장법사 일행 7명은 향을 사르고 계족산을 바라보며 기도를 했고 일제히 소리를 내며 격하게 울었다. 이날 일은 당나라 황제와 온 나라의 관리들과 백성들을 감동시켰고, 그들은 모두 삼장법사를 생각하면서 슬퍼했다. 천지가 갑자기 어두워지면서 사람의 얼굴조차 분간할 수 없게 되었다. 한순간 우레가 쿵쿵 울리고 찬란한 빛이 사방으로 비치며 귓가에 바라 소리가 울렸다. 한참이 지나자 점차 눈이 환해지면서 방석 위에 장경藏經 1권이 놓여 있는 것이 보였다.

절의 스님들이 모두 합장하며 말했다.

"이 스님은 과연 덕행을 갖추셨도다!"

삼장법사는 머리가 땅에 닿도록 절을 하고 경전의 내용 5,048권을 검토했는데 모든 것이 잘 갖춰져 있었지만 『다심경多心經』은 빠져 있었다. 삼장법사는 경전을 정리했고, 일행 7명은 말을 끌어다 짐을 실었으며, 귀환 길에 오를 때가 되자 천축국의 승려들에게 작별을 고했다.

성 안 사람들이 모두 나와 출발을 배웅했고, 삼장법사 일행이 먼 길을 가는 동안 어려움을 겪더라도 건강을 잘 돌보며 경전을 보호하고, 당나라로 돌아가 큰 공덕을 쌓을 것을 당부했다. 서로 헤어질 때가 되자 저마다 눈물을 흘렸다.

삼장법사 일행 7명은 이별하고 여행길에 올랐고, 시를 지어 다음과 같이 말했다.

오랜 여정에서 경전 얻고

7명이 도와 귀로에 올랐네.

동토東土의 사람은 운이 좋았고

당나라 황제는 오래도록 가슴에 새겼네.

경전 상자를 짜고 사원을 세우며

불상을 만드니, 칠불상七佛像이네.

심사신은 어두운 사막 아래에서 뭇 신들을 아우르고

이 인연을 기회로 죄업에서 벗어나네.

천축국의 서천 땅은 모두 불교를 믿으니

아이들은 1년 내내 경전을 익히네.

이번에는 『심경』만 빠져있어

황제를 뵈면 따로 아뢰리라.

法師行次, 行者啟曰, "我師不知, 來時方昨日, 今已過三年, 此是西天

竺國[6]也, 近雞足山[7]."

行之三日, 見一座城門. 門上牌額云竺國. 入見街市樓[8]臺, 惢惢[9]瑞氣,

人民馬轎, 往來紛紛. 只見香煙裊裊, 花菓重重, 百物皆新, 世間罕有.

次見一寺, 寺號福仙寺[10]. 遂入寺中, 參見知客[11]. 彼中僧行五千餘人.

次謁主事[12], 又參廚頭[13]. 寺內香花搖曳, 幡蓋[14]紛紜, 佛具[15]齊全, 七寶[16]

---

6 축국(竺國): 『아미타경(阿彌陀經)』에 따르면 천축(天竺)으로도 불리며 고인도의
   별칭이다.【宋】
7 계족산(鷄足山): 이 책의 '2번째 이야기'의 주를 참고.【宋】
8 루(樓): 원래 수(數)로 되어 있었고, 상무인서관본과 고전문학본에서도 그것을
   따랐는데 잘못된 것이다. 지금은 대자본에 근거해 고쳤다.【李蔡】
9 총총(惢惢): 많음을 과장하여 말한 것이다. 총(惢)은 총(恖)의 속자이다. 총(惢),
   총(恖), 총(怱), 총(匆) 등은 모두 이체자이다.【宋】
10 복선사(福仙寺): 대자본에는 사(寺)자가 없다.【李蔡】
11 지객(知客): 지빈(知賓), 전객(典客), 전빈(典賓)이라고도 한다. 절에서 손님 접
    대와 응대를 맡은 스님 혹은 그 일을 말한다.【宋】
12 주사(主事): 절의 주지 스님이고 지사(知事)라고도 하며, 절의 내정과 외교를 담당한
    다.【宋】 당대 선종(禪宗)의 고승인 백장회해(百丈懷海)(약 720~814)로부터 시작되
    었고, 『속수백장청규(束修百丈淸規)』「주지장(住持章)」에 보인다. 여기서의 '주사'
    는 절의 주지이고, 당대 이후의 주지(住持) 혹은 방장(方丈)에 해당된다.【李蔡】
13 주두(廚頭): 절에서 음식을 관장하는 승려의 우두머리이다.【李蔡】
14 번개(幡蓋): 번(幡)과 천개(天蓋)를 말한다. 번은 증번(繪幡), 당번(幢幡)이라고
    도 하고 파다가(Pātāka)의 음역이며, 법요를 설법할 때 절 안에 세우는 깃대이다.
    부처와 보살의 위엄과 덕을 표시한다. 천개는 불상을 덮는 일산이다. 본래는 천으
    로 만들었으나 후대로 가면서 금속이나 목재를 조각해 만들었으며, 천장에 달거나
    위가 구부러진 긴 장대에 달기도 했다.【宋】 번개는 깃발과 산개(傘蓋) 즉 햇볕이나
    비를 가릴 때 혹은 법회 때 법사의 위쪽을 덮는 덮개이다. 돈황 변문에 자주 보이는
    데 예를 들어 「불설관미륵보살상생도솔천경강경문(佛說觀彌勒菩薩上生兜率天經
    講經文)」에는 다음과 같은 문장이 나온다. "번개의 그림자 속에서 경과 발 소리가
    들리고, 향기로운 꽃무리 속에 누대가 보인다(幡蓋影中聞磬鈸, 香花雲裏見樓臺)."

間雜. 長掁¹⁷金鈴一下, 即時齋饌而來.

法師問行者曰, "此齋食全不識此味."

行者曰, "此乃西天佛所供食, 百味時新, 凡俗之人豈能識此?"

僧行食了, 四大¹⁸豁然¹⁹. 至晚, 寺主延請法師敘問人情. 茶湯周匝²⁰,

遂問法師, "遠奔來此, 有何所爲?"

法師起曰, "奉唐帝詔勅, 爲東土衆生未有佛教, 特奔是國, 求請大乘²¹."

時寺僧聞語, 冷笑低頭道, "我福仙寺中, 數千餘年, 經歷萬代, 佛法未

고전문학본에서는 반개(蟠蓋)로 멋대로 고쳤는데 잘못된 것이다.【李蔡】

15 불구(佛具) : 불전(佛殿)에 장식으로 쓰이는 온갖 기구이다. 천개(天蓋), 당번(幢幡), 화만(華鬘), 향로, 화병, 다기, 촛대, 범종(梵鐘) 따위를 가리킨다.【宋】

16 칠보(七寶) : 7가지 보석이고, 범어로 sapta-ratna로 쓴다. 일반적으로 금, 은, 유리(瑠璃), 수정[파려(玻瓈)], 백산호[차거(硨磲)], 적진주[적주(赤珠)], 마노(瑪瑙)를 가리키지만, 7보의 종류에 대해서는 불교 경전마다 의견이 다르다.【宋】

17 감(掁) : 흔들다.【宋】 감(撼)의 본자이다. 『설문해자(說文解字)』에서 "감은 흔드는 것이다(掁, 搖也)"라고 했고, 서현(徐鉉)은 "지금은 감으로도 쓰는데, 잘못된 것이다(今別作撼, 非)"라고 교감하였다.【李蔡】

18 사대(四大) : 사람의 몸.【宋】 불교에서는 땅, 물, 불, 바람의 4가지가 합쳐져서 몸이 된다고 여긴다. 돈황 변문 「여산원공화」에는 다음과 같은 문장이 나온다. "병고가 사람 몸에 처하면 어찌 견실함이 있을 수 있겠는가? 여러 인연이 잘못 만나서 땅, 물, 불, 바람이 모두 조화롭지 않게 되면 이 때 병이 생기게 된다(病苦者, 四大之處, 何曾有實, 衆緣假合, 地水火風, 一脈不調, 是病俱起)."【李蔡】

19 활연(豁然) : 활짝 트이고 훤히 뚫린 모습.【宋】

20 주잡(周匝) : 잡(匝)은 주(周)와 같다. 주변(周邊)이다.【李蔡】

21 대승(大乘) : 대승불교를 말한다. 대(大)는 소(小)에 대응하여 말한 것이고, 승(乘)은 물건을 나르는 공구를 가리키며, 현실세계의 차안(此岸)으로부터 중생을 구제하여 깨달음의 피안(彼岸)에 이르게 하는 것을 비유한다. 불교에서는 모든 지혜를 열고 미래의 중생화익(衆生化益)의 가르침을 다하는 것을 '대승'으로 여기며, 이는 『법화경(法華經)』 「비유품(譬喩品)」에 보인다. 석가가 살아계실 때 과대법문(過大法門), 소승법문(小乘法門)을 설파하였고, 불교에서도 처음에는 소승불교의 교의를 전파하다가 나중에 마명(馬鳴)이 지은 『대승기신론(大乘起信論)』이 나오면서 비로소 대승의 교의가 발전하게 되었다.【李蔡】

聞. 你道求請佛法, 法在何處? 佛在何方? 你是癡人!"

法師問曰, "此中即無佛法, 因何有寺有僧?"

僧曰, "此中人周歲教經, 法性自通. 豈用尋請?"

法師白曰, "此中仙景, 最是聰明. 佛教方所望垂旨示!"

答曰, "佛住^{22}雞足山中, 此處望見, 西上有一座名山, 靈異光明, 人所不至, 鳥不能飛."

法師曰, "如何人不至?"

答曰, "此去溪千里, 過溪至山五百餘里. 溪水番^{23}浪, 波瀾^{24}萬重. 山頂一門, 乃是佛居之所. 山下千餘里^{25}方到石壁, 次達此門. 除是法師會飛, 方能到彼."

法師見^{26}說, 添^{27}悶低頭, 乃問猴行者, "此去佛所, 山嶺萬里, 水浪千里, 作何計度?"

行者曰, "待我來日別作一計."

至天曉, 猴行者曰, "此中佛法, 亦是自然. 我師至誠, 爐熱^{28}名香, 地鋪

---

22 주(住): 원래 주(主)로 되어 있었는데 잘못된 것이다. 지금은 대자본에 의거해 고쳤다.【李蔡】
23 번(番): 물결이 출렁이는 것.【宋】
24 란(瀾): 원래 란(闌)으로 되어 있었는데 지금은 대자본에 의거해 고쳤다.【李蔡】
25 대자본에는 천여 리(千餘里) 앞에 일(一)자가 있다.【李蔡】
26 견(見): 듣는 것.【宋】 아래 문장에 "귓가에 방울소리가 울리는 것을 들으며(只見耳伴鈸聲而響)"에서 견(見)도 '듣다'의 뜻이다. 왕유(王維)의 시「증배민장군(贈裴旻將軍)」에서 "듣자하니 운중에서 간교한 적들을 생포했다 하는데, 하늘 위에 장군이 계심을 알게 되었네(見說雲中擒黠虜, 始知天上有將軍)"라고 했는데, 견설(見說)이 당대의 관용어임을 알 수 있다.【李蔡】
27 첨(添): 원래 유(猶)로 되어 있었는데, 지금은 대자본에 의거해 고쳤다.【李蔡】
28 설(爇): 원래 예(藝)로 되어 있었고 대자본에서도 그러한데, 모두 잘못된 것이다.

坐具²⁹, 面向西竺雞足山禱祝, 求請法教."

師一依所言, 虔心³⁰求請. 福仙³¹僧衆盡來觀看.

法師七人, 焚香望³²雞足山禱告, 齊聲動哭. 此日感得唐朝皇帝, 一國
士民, 咸思三藏, 人人發哀. 天地陡黑, 人面不分. 一時之間, 雷聲喊喊,
萬道毫光, 只見耳伴鈸³³聲而響. 良久, 漸漸開光, 只見³⁴坐具上堆一藏
經³⁵卷.

一寺僧徒, 盡皆合掌道, "此和尚果有德行!"

三藏頂禮³⁶, 點檢經文五千四十八卷³⁷, 各各俱足, 只無多心經³⁸本. 法

지금은 고전문학본에 의거해 고쳤다.【李蔡】

29 좌구(坐具) : 범어로는 니시다나(Niṣīdana)이고, 한자로는 니사단(尼師壇), 니사
단나(尼師但那)로 음역한다. 수좌의(隨坐衣), 좌와구(坐臥具)라고 번역하며 승려
가 앉을 때 쓰는 방석이다.【宋】몸과 옷을 보호하고 사람들의 잠자리와 침구를 보
호하는 역할을 하는 방석이다.『백장청규(百丈淸規)』권5에는 다음과 같은 문장
이 나온다. "천으로 되어 있고, 길이는 4척 8촌이며 너비는 3척 6촌이다(布製, 長四
尺八寸, 寬三尺六寸)."【李蔡】

30 심(心) : 대자본에는 의(意)로 되어 있다.【李蔡】

31 복선(福仙)의 두 글자와 래(來)자는 원래 없었는데 지금은 대자본에 의거해 보충
했다.【李蔡】

32 망(望)자는 원래 없었는데 지금은 대자본에 의거해 보충했다.【李蔡】

33 발(鈸) : 동발(銅鈸), 동발자(銅鈸子), 동반(銅盤)으로도 불린다. 불교 법회를 행
할 때 쓰는 구리로 된 악기인 바라이다. 본래는 요(鐃)와 발(鈸)의 두 악기였는데
지금은 합쳐져 하나의 악기가 되었다. 본래 이민족의 악기였으며 중국에 유입된
뒤로 법회할 때 썼다. 2개의 대야처럼 생긴 것을 합하여 가죽끈을 꿰어 마주쳐
소리를 내는 악기이다.【宋】

34 견(見)자는 원래 없었는데 지금은 대자본에 의거해 보충했다.【李蔡】

35 장경(藏經) : 대장경(大藏經)의 줄임말이다. 대승, 소승의 3장(藏)과 인도, 중국의
스님들의 저서를 모아놓은 불교 성전(聖典)의 전집이다.【宋】

36 정례(頂禮) : 무릎을 꿇고 두 손으로는 땅을 짚은 채, 존경하는 사람의 발밑에 머리
를 대며 공경의 마음을 표현하는 예이다.【宋】

37 경문오천사십팔권(經文五千四十八卷) :『개원석교록(開元釋敎錄)』에 따르면 불

師收拾, 七人扶持, 牽馬負載, 起程回歸, 告辭竺國僧衆.

合城盡皆送出, 祝付³⁹法師回程百萬, 經涉艱難, 善爲攝養, 保護玄文, 回到唐朝, 作大利益⁴⁰. 相別之次, 各各淚流.

七人辭別登⁴¹途, 遂成詩曰,

百萬程途取得經, 七人扶助即回程.

却應東土人多幸, 唐朝⁴²明皇萬歲膺.

建造經函興寺院, 塑成佛像七餘身⁴³.

深沙幽暗並神衆, 乘此因緣出業津⁴⁴.

교가 중국에 들어온 이후 당 개원(開元) 연간에 이르기까지 불교 저술을 포함한 역대 번역 중에서 정식으로 불교 경전에 들어간 것은 모두 1,076부, 5,048권이었다.【李蔡】

38 『다심경(多心經)』: 『심경(心經)』과 같은 책이다. '16번째 이야기'의 주에 나오는 『심경(心經)』의 주를 참고.【宋】『반야바라밀다심경(般若波羅密多心經)』의 약칭이고 불교 경전이름이며, 1권으로 되어 있다. 심은 핵심, 개요, 정수를 비유한다. 이 경전은 『반야경(般若經)』류의 제요로 여겨진다.【李蔡】

39 축부(祝付): 당부하는 것【宋】

40 이익(利益): 불교에서 부처님의 은혜로 얻어지는 공덕(功德)을 말한다.【宋】

41 등(登): 원래 발(發)로 되어 있었는데 지금은 대자본에 의거해 고쳤다.【李蔡】

42 조(朝): 대자본에는 국(國)으로 되어 있다.【李蔡】

43 7여신(七餘身): 불교의 칠불(七佛) 즉 7명의 부처이다.【宋】. 중국 불교사원의 정전(正殿)에서 모시는 불상의 수는, 각 시대마다 숭상하는 불상이 다르고 종파가 변화하면서 그 수도 1, 3, 5, 7의 4종류가 있었다. 7여신이란 즉 7종류의 부처이고 『장아함경(長阿含經)』에 따르면 비바시불(毗婆尸佛), 시기불(尸棄佛), 비사바불(毗舍婆佛), 구루손불(拘樓孫佛), 구나함불(拘那含佛), 가섭불(迦葉佛), 석가모니불(釋迦牟尼佛)이다. 주전에서 7신불을 모시는 사원은 중세 이후로 매우 감소했다.【李蔡】

44 업진(業津): 업(業)은 '만드는 것'이다. 불교에서는 선과 악을 저지르면 반드시 업보가 따른다고 말한다. 여기서는 악업(惡業)을 가리킨다. 진(津)은 나루터이다.

竺國西天都是佛, 孩兒周歲便通經.

此回只少心經本, 朝對龍顏別具呈[45].

　　업진은 악행을 저질러 징벌을 받는 장소이다.【李蔡】

45　구정(具呈) : 서면으로 신고하다.【宋】

◎ 16번째 이야기

[번역] 향림사香林寺로 이동하여 『심경心經』을 받다

천축국에서부터 돌아가는 길에 10개월이 흘렀고 반률국盤律國 향림香林사에 머물게 되었다. 밤이 깊어 3경이 되었는데 삼장법사는 문득 신인神人이 다음과 같이 말하는 꿈을 꾸었다.

"장차 어떤 사람이 『심경』을 가져와 은혜를 베풀고, 당신이 당唐으로 돌아가는 것을 도울 것이오."

한참이 지나고 놀라 깨서 후행자에게 말했다.

"방금 꿈을 꿨는데 정말 이상하구나!"

후행자는 말했다.

"꿈속에서 들었던 대로 경전을 만나게 되실 겁니다."

한순간 눈꺼풀이 움직이고 귀가 뜨거워졌으며, 멀리 앞쪽에 상서로운 구름이 뭉게뭉게 피어오르고 상서로운 기운이 가득차면서 구름 속에 한 스님이 서 있는 것이 차츰 눈에 들어왔다. 그의 나이는 15세쯤 되고 용모는 단정하며 위엄이 넘치고 손에는 금환장金鐶杖을 쥔 채 소매에서 『다심경多心經』을 꺼내들고 삼장법사에게 말했다.

"그대에게 『심경』을 드리니 당나라로 돌아가는 길에 잘 지키고 소중히 여겨야 할 것이오. 이 경전은 위로는 하늘의 이치에 통달하고 아래로는 저승을 관장하며 그 음양의 변화를 예측할 수 없으니, 절대로 가볍게 전해서는 안 되오. 그래서 박복한 중생은 이 경전을 감당하기 어렵소."

삼장법사는 머리가 땅에 닿도록 절을 하고 부처에게 여쭈었다.

"저는 그저 동토의 중생을 위할 뿐이고 지금 다행히도 좋은 인연으로 충만하니 어찌 『심경』을 동토에 전하지 않겠습니까?"

부처가 구름 속에서 다시 말했다.

"이 경전을 처음 열면 빛이 사방으로 환하게 빛나고, 귀신은 울며 신은 소리치고 바람과 파도가 저절로 잠잠해질 것이오. 해와 달처럼 명철明哲한 사람이 아니라면 어떻게 전할 수 있겠소?"

삼장법사는 재차 감사해 하였다.

"명심하겠나이다! 명심하겠나이다!"

부처는 다시 말했다.

"나는 정광불定光佛이고 지금 그대에게 『심경』을 주겠소. 당나라로 돌아가서 황제께 청하여 천하에 사원을 속히 세우고 승려들을 널리 제도하여 불법을 일으키도록 하시오. 지금 4월에 『심경』을 주었고, 7월 15일이 되면 법사 일행 7명은 때가 되면 천당天堂으로 돌아가야 하오. 그대는 이 말을 기억해뒀다가 15일이 되면 일찍 일어나 재계하고 당나라 황제에게 작별을 고하시오. 오시午時에는 연 따는 배가 올 것인데, 거기에는 금빛 연꽃 자리가 있고 오색의 상서로운 구름이 피어오르며, 12명의 옥음玉音동자가 향기로운 꽃이 그려진 깃발을 들고 7가지 보석이 박힌 목걸이를 차고서 미시未時에 당신네 7명이 하늘로 돌아가는 것을 맞을 것이오. 하늘의 징표에는 기한이 있어서 지체해서는 안 될 것이오. 그대는 잘 듣고 마음속에 깊이 새겨두시오."

삼장법사 일행 7명은 눈물을 흘리며 절을 하고 조아렸다. 정광불은 구름을 가르며 서쪽을 향해 사라졌다. 일행 7명은 마음속에 정광불의 말씀을 은밀히 새겨두었다. 행장을 다 꾸리고 나서 다음과 같이 시를 지어 말했다.

천축에서 경전가지고 동토로 돌아가는데
이제 열 달 지나 향림에 도착했네.
삼생의 공과功果에 인연 가득하고
진리의 말씀 은밀히 주시니 저마다 새겨듣네.
정광불이 구름 속에 나타나시어
속히 행장 꾸려 갈길 서둘라 하시네.
7월 15일이 되면
일곱 분의 스님이 하늘로 돌아간다고 알려주시네.

竺國旧程. 經十個月至盤律國, 地名香林市內止宿. 夜至三更⁴⁸, 法師忽夢神人告云, "來日有人將心經本相惠, 助汝旧朝."

良久驚⁴⁹覺, 遂與猴行者云, "適來得夢甚異常."

行者云, "依夢說看經."

一時間眼瞤⁵⁰耳熱, 遙望正面, 見祥雲靄靄, 瑞氣盈盈, 漸睹雲中有一

---

46 『심경(心經)』: 앞에 나온 『다심경(多心經)』이고 『반야심경(般若心經)』으로도 불리며 『반야바라밀다심경(般若波羅密多心經)』을 줄인 말이다. 범어로는 쁘라즈냐 빠라미따 흐르다야 수뜨라(Prajñāpāramitā hṛdaya sūtra)로 쓴다. 당나라 현장(玄奘)이 번역했다. 대승불교의 경전 중 하나이며, 대승불교의 반야(般若) 사상을 담은 광대한 반야 경전의 요체를 270자로 간결하게 정리했다. 불교 경전들 중에서 가장 짧다. 『반야심경』의 중심 사상은 공(空)이다. 그 내용을 보면 관자재보살(觀自在菩薩) 즉 관음보살(觀音菩薩)이 반야행을 통해 나타나는 법의 모습을 단계적으로 서술했다. 불교의 기초적인 법문인 5온(蘊), 12처(處), 18계(界)가 모두 '공'하고, 12연기도 공하며, 4가지 진리 또한 공하다고 하여 모든 법의 공한 이치를 설명하였다. 특히 『반야심경』의 '색즉시공, 공즉시색(色卽是空, 空卽是色)'은 널리 알려져 있는데 그 의미는 "현상에는 실체가 없으므로 현상일 수 있다"는 것이다. 이는 공의 이치를 설명하는 것으로 어떤 대상이든 고정적인 성품이 없고, 보살만이 마음에 가림이 없는 반야바라밀의 수행을 통해 최상의 지혜를 얻을 수 있다는 것이다.【宋】

47 전지향림사수심경처제십육(轉至香林寺受心經處第十六) : 원래는 '전지향림사수심경본십육(轉至香林寺受心經本十六)'으로 되어 있었는데 지금은 대자본에 의거해 고쳤다. 전체적인 제목을 봤을 때 제(第)자가 있고 처(處)자가 있는 것이 대다수이므로 원본에서 누락된 것으로 보인다.【李蔡】

48 삼경(三更) : 밤 11시부터 새벽 1시까지이고, 한밤중을 가리킨다.【宋】

49 경(驚) : 원래는 경(敬)으로 되어 있었는데 지금은 대자본을 따랐다.【李蔡】

50 윤(瞤) : 『집운(集韵)』에서는 "윤은 눈이 움직이는 것이다(瞤, 目動)"라고 했다. 여기서는 눈꺼풀이 움직이는 것이다. "눈꺼풀이 움직이고 귀가 뜨거워진다는 것"은 일반적으로 곧 일어날 사건에 대한 예감을 묘사한다. 「오자서변문」에는 다음과 같은 문장이 나온다. "그러고 나서 눈꺼풀이 움직이고 귀가 뜨거워져서 땅에 그려 점을 쳤는데, 점괘에서 생질이 쫓아오는 것이 보였다(遂乃眼瞤耳熱, 遂卽畫地而卜,

僧人, 年約十五, 容貌端嚴, 手執金鐶杖, 袖出多心經, 謂法師曰, "授汝心經, 歸朝, 切須護惜. 此經上達天宮, 下管地府, 陰陽莫測, 慎勿輕傳, 薄福衆生[51], 故難承受."

法師頂禮白佛言, "只爲東土衆生, 今幸緣滿, 何以不傳?"

佛在雲中再曰, "此經纔開, 毫光閃爍, 鬼哭神號, 風波自息. 日月[52]不光, 如何傳度[53]?"

法師再謝, "銘感, 銘感!"

佛再告言, "吾是定光佛[54], 今來授汝心經. 囘到唐朝之時, 委囑皇王, 令天下急造寺院, 廣度僧尼, 興崇佛法. 今乃四月, 授汝心經, 七月十五日, 法師等七人, 時至當返天堂. 汝記此言, 至十五日, 早起浴身, 告辭唐帝, 午時[55]採蓮舡[56]至, 亦有金蓮花座, 五色祥雲, 十二人玉音童子, 香花幡幢[57], 七寶瓔珞[58], 未時[59]迎汝等七人歸天. 天符有限, 不得遲遲. 汝且

占見外甥來趁)."【李蔡】

51 중생(衆生) : 감각과 의식이 있는 살아있는 모든 것을 말한다. 범어로는 사뜨와 (sattva)로 쓴다. 당 현장 이전에는 중생이라 했고, 현장 이후로는 유정(有情)으로 번역했다.【宋】

52 일월(日月) : 모든 일에 통달한 가장 명철(明哲)한 사람을 비유한다.【宋】

53 도(度) : 주다.【宋】『대당삼장취경시화』제17처에는 다음과 같은 문장이 나온다. "장자가 칼을 가져와서 삼장법사에게 주었다(長者取刀度與法師)." 도(度)와 여 (與)를 같이 써서 뜻을 더욱 분명히 했다.【李蔡】

54 정광불(定光佛) : 정광불(錠光佛)로도 쓰고 연등불(燃燈佛)을 말한다.【宋】불경에 서는 정광불이 태어날 때 몸에서 등불 같은 빛이 났다고 한다. 석가모니가 전세에 서 보살이었을 때 정광불은 그가 장차 부처가 될 것이라는 예언이 적힌 수기(授記) 를 주었다.【李蔡】

55 오시(午時) : 오전 11시부터 오후 1시까지의 시간이다.【宋】

56 강(舡) : 배를 말한다.【李蔡】

57 번당(幡幢) : 번(幡)과 당(幢)은 모두 불교와 도교에서 쓰는 깃발이고, 높은 깃대

諦聽, 深記心懷."

法師七人泣淚拜訖. 定光佛揭起雲頭, 向西而去. 僧行七人密記於心. 舉具[60]裝束[61], 乃成詩曰,

竺國取經囬東土, 經今十月到香林.

三生功果當緣滿, 密授真言各諦聽.

定光古佛雲中現, 速令裝束急囬程.

謂言七月十五日, 七人僧行返天庭.

에 달린 깃발이 아래로 늘어져 있으며 깃발 머리에는 보석이 박혀있다. 사원 앞에 세워두기도 한다.【宋】

58 영락(瓔珞) : 고대에 구슬을 꿰어 만든 장식품으로, 목을 장식할 때 많이 쓰였다. 원래는 고대 인도의 불상의 목에 걸린 장식이었는데 불교가 중국에 유입되면서 당나라 때에는 미를 추구하는 여성들이 이것을 본 따서 목걸이를 만들어 장식했다. 「유마힐경변문(維摩詰經變文)」에는 다음과 같은 문장이 나온다. "온갖 보석이 갖춰진 관, 8가지 보석이 흔들리는 목걸이(整百寶之頭冠, 動八珍之瓔珞)."【宋】

59 미시(未時) : 오후 1시부터 3시까지의 시간이다.【宋】 미(未)는 원래 래(來)로 되어 있었고 고전문학본에서도 '래'로 썼는데 대자본에서는 '미'로 썼다. 『대당삼장취경시화』 제17처 말미에는 다음과 같은 문장이 나온다. "15일 오시 5각에 천궁에서 연꽃 따는 배를 내려 보낼 것이다(十五日午時五刻天宮降下採蓮舡)." 즉 미시(未時)에 하늘을 맞이하는 것과 딱 들어맞으므로, 대자본에 의거해 고쳤다.【李蔡】

60 구(具) : 대자본에는 신(身)으로 되어 있다.【李蔡】

61 장속(裝束) : 행장을 정리하는 것이다. 「오자서변문」에는 다음과 같은 문장이 나온다. "내가 지금 멀리 가면서 아우를 불러 함께 하는데 일이 급해 오래 머물 수 없으니, 아우는 빨리 행장을 챙기기 바라오(吾今遠至, 喚弟相隨, 事急不得久停, 願弟急須裝束)."【李蔡】

번역 섬서陝西의 왕장자王長者의 처가 아들을 죽이다

돌아가는 길에 하중부河中府에 이르렀는데 성이 왕王인 장자長者라는 사람이 있었다. 그는 평생 선행을 베풀기를 좋아했고, 나이는 31살이었으며, 아내를 먼저 보내고서 맹孟씨를 후처로 들였다. 전처에게는 이름이 치나癡那인 아들이 있었고 맹씨도 거나居那라는 이름의 아들을 낳았다. 장자는 어느 날 돌아가신 부모님의 은혜를 생각하고 전처와의 연분을 그리워하며 법회를 열었고, 성대히 공양을 하며 망자의 영혼을 기렸다.

그러고 나서 장자는 맹씨와 의논을 하였다.

"나는 이제 외국으로 가서 장사를 하려고 하니 당신은 당분간 조심하고 나를 위해 치나를 돌봐주시오. 그 아이는 어려서 어머니를 잃었지만 아직 그 사실을 알지 못하니 부디 친자식처럼 아껴주길 바라오."

그러고는 재물과 비단을 둘로 나누었다.

"하나는 당신 모자母子에게 주니 집에서 생계를 꾸리도록 하고, 하나는 내가 외국에 가져가 장사를 하겠소. 돌아오는 날에는 무차대회無遮大會를 성대하게 열어 널리 중생을 구제하고 죽은 영혼을 제도하여 큰 인과因果를 이루겠소."

아내에게 당부하고, 날을 정해 길을 떠나게 되었다. 아내가 문밖까지 배웅 나오자 치나를 돌봄에 있어 소홀함이 없도록 여러 번 부탁했다.

왕장자가 집을 떠나온 지 반년이 흘렀을 때, 고향으로 돌아가는 지

인을 우연히 만났고 그 편에 집에 보낼 편지 1통, 북 하나, 활석滑石으로 된 꽃 의자, 오색의 비단옷, 갖가지 장난감을 부탁했다. 맹씨는 편지를 받자 열어서 읽어 보았는데, 편지에는 치나에게 물건을 주고 치나를 잘 돌봐줄 것을 여러 번 부탁하는 말만 있을 뿐, 거나에 대해 묻는 말은 한마디도 없었다. 맹씨가 편지를 다 읽고 나서 원망이 일어나 편지의 겉봉을 찢고 장난감을 부숴버렸으며 마음속에서 치나의 목숨을 해하려는 마음이 생겨났다.

하루는 시녀인 춘류春柳에게 말했다.

"내가 지금 치나를 죽이려 하는데 네게 무슨 계략이라도 있느냐?"

춘류가 대답했다.

"그건 별거 아닌 일입죠. 집에 무쇠 솥이 하나 있는데 치나에게 그 안에 들어가 앉으라고 하고 30근의 무쇠 뚜껑으로 덮어 고정시킨 뒤에 아래에서 강한 불로 끓이면 죽지 않겠어요?"

맹씨가 대답했다. "그거 정말 좋은 생각이로구나!"

이튿날 그 계획대로 치나를 솥 안에 앉히고 뚜껑을 덮어 사흘 밤낮으로 강한 불로 끓였다. 그런데 나흘째 되는 날 무쇠 뚜껑을 열었더니 치나가 솥에서 일어나 인사를 하는 것이었다.

맹씨가 말했다.

"네가 어째서 여기에 있는 거냐?"

치나는 말했다.

"어머니께서 저를 여기에 두신 뒤로 솥은 연화좌蓮花座로 변하고 사방은 차가운 연못이 되어, 이곳에서 앉았다 누웠다 하며 매우 편안하게 지냈습니다."

맹씨와 춘류는 몹시 당황하여 상의하였다.

"살해 계획을 얼른 세워야겠다. 장자께서 돌아오시면 치나가 일러바칠지도 모른다."

춘류는 말했다.

"내일 쇠 손톱을 손안에 감추고 있다가 치나를 뒤뜰로 데려가 앵두를 먹으라고 하고, 치나가 입을 벌리면 쇠 손톱으로 혀뿌리를 끊어버립시다. 그러면 장자가 돌아왔을 때 아무 말도 할 수 없을 겁니다."

다음 날 이 계략에 따라 치나를 정원으로 데려가 혀뿌리를 끊어버리니 피가 온 땅에 가득 흘러내렸다. 그런데 이튿날 일어나서 "치나야!" 하고 불렀더니 치나가 또 대답을 하는 것이었다.

맹씨가 물었다.

"네가 어째서 말을 하는 것이냐?"

치나가 말했다.

"한밤중에 감로왕여래甘露王如來라는 분을 뵈었는데, 손에 약그릇을 들고 오더니 제 혀뿌리를 이어주셨습니다."

춘류는 맹씨에게 말했다.

"밖에 곳간이 있으니 치나에게 곳간을 지키라고 하고 곳간 문을 잠가 굶겨 죽여 버립시다."

그런데 1달이 지나고 맹씨가 곳간을 열어보니 치나가 일어나 인사를 하는 것이었다.

맹씨는 말했다.

"전에 시녀가 곳간을 잠글 때 네가 이곳에 있었는지 몰랐나보다. 그런데 너는 1달 동안 어디서 먹을 게 났느냐?"

치나가 말했다.

"배고프고 목마를 때면 사슴의 젖이 하늘에서 저절로 내려왔습니다."

춘류가 말했다.

"얼마 안 있어 앞쪽의 강물이 불어나면 치나에게 누대에 올라 강을 바라보라 하시고, 치나를 깊고 붉은 파도 속으로 밀어버리지요. 장자께서 돌아오셨을 때 치나가 스스로 물속에 뛰어들어 익사했다고 얘기하면 위기를 모면할 수 있을 겁니다."

맹씨는 붉은 물이 불어나는 것을 보고 춘류의 말대로 치나를 누대에 올라 물을 구경하게 하고, 춘류를 시켜 치나를 뒤에서 밀어 물에 빠뜨렸다.

맹씨가 이걸 보고서 말했다.

"이번에는 죽었겠지."

막 누대에서 내려오는데 문밖에서 시녀가 달려와 장자가 돌아왔다고 알렸다. 장자는 오는 길에 사람들이 치나가 물에 빠졌다고 말하는 것을 이미 들었기에 걸으면서도 계속 크게 울었고 집 문 앞에 도착해서는 온몸이 저절로 거꾸러질 정도로 애통해했다. 그러고 나서 지극한 효심을 발휘해 날을 잡고 무차법회無遮法會를 열어 재회齋會를 성대하게

행했다.

삼장법사가 왕사성王舍城으로부터 경전을 가지고 돌아가는 길에 그의 일행 7명은 모두 장자의 재회 자리에 참석하게 되었다. 그런데 삼장법사와 후행자가 모두 음식을 먹지 않는 것이었다.

장자가 물었다.

"삼장법사 일행께서는 오늘 기왕 여기까지 오셨는데 어째서 시주음식을 드시지 않는지요?"

삼장법사가 말했다.

"오늘 술에 취해 마음속으로 생선국만 생각나고 다른 것들은 모두 먹고 싶지가 않습니다."

장자가 이 말을 듣자 무차대회인지라 어찌 따르지 않을 수 있겠는가? 곧장 사람을 시켜 물고기를 사오도록 했다.

삼장법사가 말했다.

"작은 물고기는 먹지 않고, 100근의 큰 물고기어야 충분히 먹을 수 있을 겁니다."

시종이 어부의 집을 찾아가서 과연 100근 정도 나가는 큰 물고기 1마리를 사왔다. 물고기를 들고 집으로 돌아와서는 장자에게 물고기를 사온 것을 알렸다. 장자는 삼장법사에게 어떻게 요리할지를 물었다.

삼장법사가 말했다.

"칼을 빌려주시면 제가 직접 요리하겠습니다."

장자는 칼을 가져와 삼장법사에게 주었다. 삼장법사는 재회에 모인 사람들과 장자에게 말했다.

"오늘 무차대회가 열린 것은 이 큰 물고기가 어떤 죄를 지은 것과 관련이 있습니다."

장자는 말했다.

"무슨 죄가 있단 말씀인지요?"

삼장법사가 말했다.

"이 물고기는 예전에 장자의 아드님인 치나를 삼킨 물고기인데, 배 속에 치나가 아직 살아 있는 것이 보입니다."

사람들이 이 말을 듣자 일어나 그를 에워쌌다. 삼장법사가 칼로 한 번 가르자 물고기가 두 동강이 나면서 치나가 일어나 예전처럼 말을 하는 것이었다. 장자는 아들을 껴안고는 몹시 놀라고 기뻐서 삼장법사에게 합장하며 감사 인사를 드렸다.

"오늘 법사께서 이곳에 오지 않으셨더라면 아비와 아들은 서로 만나지 못했을 것입니다."

모든 사람들이 기뻐하며 즐거워했다. 장자는 은혜에 감사하며 시를 지었다.

외국에서 장사한 지 근 3년
맹씨는 집에서 못되게 차별했네.
치나를 밀어 물에 빠뜨렸지만
큰 물고기가 삼켜 뱃속에서 보전하였네.

오늘 재회齋會에 모두 모였는데
스님은 술에 취해 음식을 드시지 않네.
큰 물고기 찾아 손수 끓이니
아비와 아들은 재회해 옛 인연을 깨닫네.

삼장법사가 말했다.

"이 물고기를 동토로 가져가서 승원僧院에 두고 목어木魚로 만들어 재
齋를 열 때마다 방망이로 배를 치겠습니다."

그러고는 다음과 같이 시를 지었다.

맹씨는 나쁜 마음 품어
아이를 밀어 물속에 빠뜨렸네.
무차대회였기에
아버지와 아들은 다시 만날 수 있었네.

모인 사람들도 함께 다음과 같이 시를 지었다.

삼장법사가 오늘 좋은 인연 만들어
장자와 치나는 다시 세상에 나왔네.
맹씨와 거나는 둘 다 똑같이

이제부터 삶과 운이 평범해지리라.

삼장법사 일행 7명은 잔치가 한창인 곳을 떠나 열흘 뒤에 장안長安에
도착했다. 경동로京東路의 순찰대는 삼장법사의 취경 이후의 귀경 여정
에 대해 탐문했고, 삼장 일행은 얼마 있다가 장안 근교에 머물면서 당
태종唐太宗께 표表를 올려 귀국을 보고했다. 때는 마침 무더운 여름이었
는데 줄지어 선 성대한 수레들이 100리 밖까지 나와 영접하였고, 삼장
법사 일행 7명은 황제를 알현하며 은혜에 감사드렸다. 황제는 삼장법
사와 함께 수레를 타고 조정으로 돌아왔다. 이때가 6월 말경이었다.
날마다 조정에서는 재회齋會를 열었고, 여러 마을에 칙령을 내려 절을
짓고 불법을 섬기도록 했다. 황제는 『반야심경般若心經』을 얻게 되자 마
치 눈을 얻은 것 같았고 조정 안팎의 도량道場에서 향불을 피우며 말씀
을 청해들었다.

7월 7일이 되자 삼장법사가 황제께 상주하였다.

"신臣이 폐하께 아뢰옵나이다. 신이 향림香林에서 『반야심경』을 얻었
을 때 하늘에서 말씀이 있으셨으니, 신은 이달 15일 오시午時가 되면
반드시 하늘로 돌아가야 합니다."

당태종은 삼장법사의 말을 듣고 눈물로 용의龍衣를 적셨다. 하늘나라
에는 기한이 정해져 있어서 지체할 수가 없기 때문이다.

삼장법사는 말했다.

"온갖 고난을 겪으면서도 취경을 한 것은 오로지 동토의 중생을 위

한 것이었습니다. 심사신深沙神이란 자도 부처님의 은혜와 능력을 입어 환은사還恩寺에서 죄를 뉘우치고, 망령들을 제도濟度할 것입니다."

당태종이 말했다.

"법사께서 부탁하시니 칠신불七身佛을 모신 호전護殿을 세우겠습니다."

7월 14일 오시 5각刻이 되자 삼장법사가 임관任官의 사령서를 받았다. 황제는 감사함을 널리 알리며 다음과 같이 말했다.

"3년간의 서천취경으로 『반야심경』이 당나라에 들어왔고, 법사는 3번에 걸쳐 경전을 익히고 깊이 연구하였으니 삼장三藏법사에 봉하노라."

15일 오시 5각에 천궁天宮에서 연을 따는 배가 내려왔고, 정광불定光佛이 구름 속에서 삼장법사를 깨우치며, 지체해서는 안 된다고 말하였다. 당나라 황제에게 급히 작별 인사를 마치고 삼장법사 일행 7명은 연 따는 배에 올랐으며, 서쪽을 향해 하늘에 올라 신선이 되어 떠났다. 9마리의 용이 안개를 일으키고, 10마리의 봉황은 나와 맞이했으며, 수많은 학이 상서롭고, 밝은 빛은 찬란하게 빛났다. 황제는 별다른 표현을 하지 않고 재회齋會를 다시 열었는데, 자리마다 짙은 향 냄새가 가득했고 모두 삼장법사를 기렸다. 황제는 태자와 관료들과 함께 사문四門을 다니며 흐느꼈고, 대대로 삼장의 이름을 후세에 남겼다. 시에서는 다음과 같이 말했다.

삼장법사가 오늘 천궁에 오르는데

버선에 수놓인 연꽃무늬가 걸음마다 이어지네.

나라 안에 복과 이로움이 가득하니

동토는 속세의 속박에 빠지지 않게 되었네.

태종太宗은 후에 후행자를 동근철골대성銅筋鐵骨大聖으로 봉했다.

到陝西王長者妻殺兒處第十七[62]

　回到河中府, 有一長者[63]姓王. 平生好善, 年三十一. 先喪一妻, 後又娶孟氏. 前妻一子, 名曰癡那, 孟氏又生一子, 名曰居那. 長者一日思念考妣[64]之恩[65], 又憶前妻之分, 廣修功果[66], 以薦亡魂.

　又與孟氏商議, "我今欲往外國經商, 汝且小心爲吾看望[67]癡那. 此子幼[68]小失母, 未有可知, 千萬一同看惜."

62　칠(七) : 원래는 삼(三)으로 되어 있었는데 지금은 대자본에 의거해 고쳤다.【李蔡】

63　장자(長者) : 좋은 가문에서 태어나 부귀와 덕을 두루 갖춘 사람. 범어로는 Śreṣṭha, Gṛapati로 표기하고, 한자로는 실례슬타(室隷瑟妑), 의력하발저(疑叻賀鉢底)로 음역한다. 수달장자(須達長者), 월개장자(月蓋長者) 등이 유명하다.【宋】 재력과 권세를 가진 사람이고, 연장자를 가리키는 것은 아니다. 돈황 변문 「부지명변문(不知名變文)」에는 다음과 같은 문장이 나온다. "왕사성이라는 큰 성이 있는데, 그곳에 사는 대부호 장자는 매년 4월 8일에 무차대회를 열고 8만 명의 승려를 공양했다(言道王舍大城, 有一大富長者, 常年四月八日, 設個無遮大會, 供養八萬個僧)." 『대당삼장취경시화』에 나오는 장자의 나이는 고작 31살이다.【李蔡】

64　고비(考妣) : 돌아가신 부모이다.【李蔡】

65　은(恩) : 원래 사(思)로 되어 있었는데 글자 모양이 비슷하여 오류가 생긴 것 같다. 지금은 대자본에 의거해 고쳤다.【李蔡】

66　광수공과(廣修功果) : 죽은 이를 위하여 천도하는 법회를 열고 스님과 속인들에게 널리 음식을 대접하는 것이다. 공과(功果)란 선행을 가리키며, 선행을 베푸는 것이 열매가 맺혀 반드시 수확하게 되는 것과 같은 이치임을 비유한 것이다.【宋】

67　간망(看望) : 돌보는 것이다. 아래에 "치나를 잘 돌봐달라고 여러 번 부탁했다(再三又祝看望癡那)"는 문장이 나오는데 그 의미와 같다. 또한 "부디 똑같이 아껴주길 바라오(千萬一同看惜)", "치나를 잘 돌봐달라고 재차 부탁했다(再三說看管癡那)"라고 했는데, 여기서 간(看)은 모두 '돌보다'의 뜻이다. 돈황 변문 「동영변문(董永變文)」에는 다음과 같은 문장이 나온다. "여인은 구름을 타고 하늘로 올라갈 때가 되자 작별하면서 작은 아이를 부탁했고 '아이를 잘 돌봐주세요'라는 말만 했다(娘子便卽乘雲去, 臨別分付小兒郞, 但言好看孩子)." 여기서도 간(看)은 돌본다는 뜻이다.【李蔡】

68　유(幼) : 원래는 환(幻)으로 되어 있었는데 오류이고, 지금은 대자본에 의거해 고쳤다.【李蔡】

遂將財帛分作二分，"一分與你母子在家榮謀[69]生計，我將一分外國經

商. 回來之日，修崇無遮大會[70]，廣布津梁[71]，薦拔[72]先亡，作大因果[73]."

---

69 영모(榮謀) : 뜻을 정확히 알 수 없고 영모(營謀)의 오류인 것 같다. 영(營)과 영(榮)
은 글자의 모양이 비슷할 뿐 아니라 소리도 비슷하다. 영(榮)은 모경운(母庚韻)이고
(營)은 모청운(母淸韻)이며, 변문과『대당삼장취경시화』의 운문에서도 경(庚)운
과 청(淸)운은 통압(通押)할 수 있어서 글자가 혼동될 수 있다. 변문「계포시영(季布
詩詠)」p.3645(역자주 : Paul Pelliot(1878~1945) 사본 3645번)에서 "각자사귀□
영막(各自思歸□營幕)"이라고 했고, S.1156(역자주 : Aurel Stein(1862~1943) 사
본 1156번)에서 "각자악□영묘내(各自惡□榮墓內)"라고 했는데, 이는 영(營)이 영
(榮)으로 잘못 쓰였다는 증거이다.【李蔡】

70 무차대회(無遮大會) : 불교에서 5년마다 거행하는, 승려와 속인들에게 보시하는
재회(齋會)이다. 무애대회(無礙大會), 오년대회(五年大會)라고도 부른다. 무차대
회의 무차(無遮)는 구분하지 않는다는 뜻으로, 귀천(貴賤), 승속(僧俗), 지우(智
愚), 선악(善惡)을 구분하지 않고 모두를 평등하게 대하고 공양하는 대법회이다.
『대당서역기』에 따르면 고대 인도에서는 계일왕(戒日王)이 주관하여 무차대회를
75일간 열었고 이 시기 동안 각지에서 승려들이 모여 들어 토론회를 벌였다. 중국
에서 무차대회는 양무제(梁武帝) 때부터 시작되었고 남북조(南北朝) 때에 성행했
다.【宋】

71 진량(津梁) : 원래는 양연(梁緣)으로 되어 있었고, 상무인서관본과 고전문학본에
모두 그렇게 되어 있다. 지금은 대자본에 의거해 고쳤다. '진량'은 불교에서 일상
적으로 쓰는 용어이다. 진(津)은 강가 나루터이고, 량(梁)은 다리이다. 불법(佛法)
으로 중생을 구제하는 것을 비유한다.『세설신어(世說新語)』「언어(言語)」에는
다음과 같은 문장이 나온다. "유공이 일찍이 절에 들어가 누워있는 불상을 보고
말했다. '이 사람은 중생을 구제하느라 피곤한 것이로다'(庾公嘗入佛圖見臥佛，曰
此子疲於津梁)."「대지도론(大智度論)」권11에는 다음과 같은 기록이 보인다. "열
반의 중생 제도(涅槃之津梁)."【李蔡】

72 천발(薦拔) : 초발(超拔)이라고도 한다. 죽은 사람을 위해 기도하여 악한 세상에
떨어지지 않고 고해(苦海)에서 벗어나 선한 세상에서 다시 태어나도록 하는 것이
다. 불교에서 영혼을 구제한다는 제도(濟度), 초도(超度)의 의미이다.【宋】

73 인과(因果) : 범어로는 헤투 파라(hetu-phala)라고 하고 모든 사물의 이치는 인
과의 법칙에 따라서 생성 혹은 소멸됨을 이른다. 여기서는 현세에 선행을 베풀어
서 자손에게 응보하고 내세에 과보를 얻게 한다는 뜻이다.【宋】 불교에서는 사물에
원인이 있으면 반드시 결과가 있다고 여긴다. 선한 원인에는 선한 결과가 있고,
악한 원인에는 악한 결과가 있다. 여기서는 조상이 선을 닦아서 내세를 구하면 좋

祝付妻了, 擇日而行. 妻送出門, 再三又祝看望癡那, 無令疎失⁷⁴.

去經半載, 逢遇相知人⁷⁵回, 附得家書一封, 繫鼓一面, 滑石花座⁷⁶, 五色繡衣, 般般⁷⁷戲具⁷⁸. 孟氏接得書物, 拆開看讀, 書上只云與癡那收取, 再三說看管癡那, 更不問着我居那⁷⁹一句!

孟氏看書了, 便生嗔恨, 毀剝封題, 打碎戲具, 生心便要陷害癡那性命.

一日, 與女使春柳言說, "我今⁸⁰欲令癡那死却, 汝有何計?"

春柳答云, "此是小事. 家中有一鈷鏶⁸¹, 可令癡那入內坐上, 將三十斤鐵蓋蓋定, 下面燒起猛火燒煮, 豈愁不死?"

孟氏答曰⁸², "甚好!"

明日一依如此, 令癡那入內坐, 被佗⁸³蓋定, 三日三夜, 猛火煮燒. 第四

은 보응이 있음을 가리킨다.【李蔡】

74 소실(疎失) : 소(疎)는 소(疏)와 같다. 소실은 소홀하고 실수하는 것이다.【宋】

75 인(人) : 대자본에서는 지(之)로 되어 있는데 잘못된 것이다.【李蔡】

76 화좌(花座) : 연화좌(蓮花座), 연화대(蓮花臺), 화대(花臺), 연대(蓮臺)라고도 한다. 부처와 보살이 앉는 연꽃 모양의 자리이다. 연꽃은 진흙 속에서 나와도 물들지 않는 덕이 있으므로 부처와 보살이 앉는 자리로 삼는다.【宋】

77 반반(般般) : 원래 원반(怨般)으로 되어 있었고 고전문학본에도 이렇게 되어 있는데, 그 의미를 정확히 알 수 없다. 대자본에서는 앞의 반(般)자의 다음 글자가 훼손되어 있는데 반(般)으로 추정된다. '반반'은 각양각색을 말한다. 「항마변문(降魔變文)」에는 다음과 같은 문장이 나온다. "성의 남쪽에 큰 도장을 세웠는데, 신통력이 저마다 각양각색으로 뛰어났다(城南建立大道場, 神通各自般般出)."【李蔡】

78 희구(戲具) : 완구를 말한다.【李蔡】

79 대자본에는 거나(居那) 앞에 아(我)자가 없다.【李蔡】

80 금(今) : 원래 령(令)으로 되어 있었는데 잘못된 것이다. 지금은 대자본에 의거해 고쳤다.【李蔡】

81 고망(鈷鏶) : 무쇠솥이다.【李蔡】

82 왈(曰) : 대자본에서는 운(云)으로 썼다.【李蔡】

83 타(佗) : 타(他)와 통하고 치나를 말한다.【宋】

日, 扛開鐵蓋, 見癡那從鉆鏵中起身唱諾.

孟氏曰, "子何故在此?"

癡那曰, "母安[84]我此. 一釜[85]變化蓮花座, 四伴是冷水池, 此中坐臥, 甚是安穩."

孟氏與春柳驚[86]惶, 相謂曰, "急須作計殺却! 恐長者回來, 癡那報告."

春柳曰, "明日可藏鐵甲[87]於手, 領[88]癡那往後園討[89]櫻桃喫, 待佗開口, 鐵甲鈎斷舌根, 圖得長者歸[90]來, 不能說話."

明日一依此計, 領去園中, 鈎斷舌根, 血流滿地. 次日起來, 遂喚一聲 "癡那", 又會言語.

孟氏遂問曰, "子何故如此?"

癡那曰, "夜半見有一人, 稱是甘露王如來[91], 手執藥器, 來與我延接舌根."

春柳又謂孟氏曰, "外有一庫, 可令他守庫, 鎖閉庫中餓殺."

經一月日[92], 孟氏開庫, 見癡那起身唱喏.

---

84 안(安) : 대자본에는 왈(曰)로 되어 있는데 잘못된 것이다.【李蔡】

85 부(釜) : 원래 금(金)으로 되어 있었는데 지금은 대자본에 의거해 고쳤다.【李蔡】

86 경(驚) : 원래 경(敬)으로 되어 있었는데 지금은 대자본에 의거해 고쳤다.【李蔡】

87 철갑(鐵甲) : 갑은 손톱이고, 철갑은 날카로운 쇠로 된 손톱이다.【宋】

88 령(領) : 원래 진(鎮)으로 되어 있었는데 잘못된 것이고, 지금은 대자본에 의거해 고쳤다.【李蔡】

89 토(討) : 원래 계(計)로 되어 있는데 잘못된 것이고, 지금은 대자본에 의거해 고쳤다.【李蔡】

90 귀(歸) : 대자본에서는 회(囬)로 썼다.【李蔡】

91 감로왕여래(甘露王如來) : 5여래(如來) 중의 하나이고 아미타여래(阿彌陀如來)의 별칭이며, 감로왕(甘露王)으로도 불린다. 범명(梵名)은 Amṛta-rāja이다. 아미타여래가 설법을 할 때 감로법우(甘露法雨)를 내리기도 하여 감로왕(甘露王)이라는 이름으로 그 덕을 기렸다. 시식(施食)할 때 다른 네 여래와 함께 이름을 부르며, 번(幡)에 이름을 써서 단 위에 모신다.【宋】

孟氏曰, "前日女使鎖庫, 不知子在此中. 子一月日間, 那有飯食?"

癡那曰, "飢渴之時, 自有鹿乳從空而來."

春柳曰, "相次前江水發, 可令癡那登樓看水, 推放萬丈紅[93]波之中, 長者回來, 只云他自撲向溪中浸死. 方免我等之危."

孟氏見紅[94]水泛漲, 一依所言, 令癡那上樓望水, 被春柳背後一推, 癡那落水. 孟氏一見, 便云, "此田死了!"

方始下樓, 忽見門外有青衣[95]走報, 長者回歸[96]."

長者在路中早見人說癡那落水了, 行行啼哭, 纔入到門, 舉身自撲[97]. 遂乃至孝, 擇日解還[98]無遮法會, 廣設大齋[99].

三藏法師從王舍城[100]取經回次, 僧行七人, 皆赴長者齋筵. 法師與猴

---

92 일월일(一月日) : 음력으로 1달의 시간이다.【宋】

93 홍(紅) : 홍(洪)과 통한다. 상무인서관본에서는 강(江)으로 고쳤다.【李蔡】

94 홍(紅) : 대자본에서는 강(江)으로 썼다.【李蔡】

95 청의(青衣) : 검은 빛깔의 옷, 평상복, 수수한 옷 혹은 천한 사람의 옷을 가리킨다. 여기서는 계집종, 시녀를 비유한다.【宋】

96 원래 '장자회귀(長者回歸)'의 4글자가 없었는데, 대자본에 의거해 보완했다.【李蔡】

97 거신자박(舉身自撲) : 거신(舉身)은 전신을 말한다. 박(撲)은 부(仆)와 통한다. 『옥편(玉篇)』에서 "부는 거꾸러지는 것이다(仆, 跌也)"라고 했다. '거신자박'은 몸 전체가 땅에 거꾸러지는 것이고, 애통함이 지극함을 표현한다. 돈황 변문에 자주 보이는데 예를 들면 「한장왕릉변(漢將王陵變)」에는 다음과 같은 문장이 나온다. "몸 전체가 거꾸러지는 것이 산이 무너지는 것 같고, 귀와 코에서는 모두 피가 솟구쳤다(舉身自撲似山崩, 耳鼻之中皆灑血)."【李蔡】

98 해환(解還) : 목적지까지 보호하면서 돌려보내는 것이다.【宋】

99 대재(大齋) : 재(齋)는 재회(齋會)이다. 재회는 죽은 사람을 제도하기 위해 승려들이 모여 독경(讀經)하고 불공을 드리는 일 또는 불교를 믿는 사람들이 모여 승려를 공양하는 것이다. 앞에 대(大)자를 붙여 재회의 규모가 큰 것을 표현했다.【宋】

100 왕사성(王舍城) : 범어로 라하길리히(Rjagrhhi, Rāja-grha)로 쓰고 한자로는 나열기(羅閱祇), 나열게리혜(羅閱揭梨醯), 나열기가라(羅閱祇伽羅), 갈라열길화회(曷羅閱姞和呬) 등으로 음역한다. 고대 중인도 마가다국(마게타국(摩揭陀國), 마

行者全不喫食.

長者問曰, "師等今日旣到, 何不喫齋?"

法師曰, "今日中酒, 心內只憶魚羹, 其他皆不欲食."

長者聞言, 無得功果[101], 豈可不從? 便令人尋買.

法師曰, "小魚不喫, 須要一[102]百斤大魚, 方可充食."

僕夫尋到漁父舡家, 果得買大魚一頭, 約重百斤. 當時扛囬家內, 啟白長者, 魚已買囬.

長者遂問法師作何修治[103].

法師曰, "借刀, 我自修事[104]."

갈타국(摩竭陀國))의 수도이다.【宋】 지금의 인도 삐할(Bihar)지방 틸라이야(Tilaiya) 부근이다. 주위에는 영취산(靈鷲山) 등의 5개의 산이 있고, 석가가 전교한 중심지 중 하나이다.『선견률비바사(善見律毘婆沙)』권1의 기록에는 18개의 큰 사묘(寺廟)와 부처가 거주하는 죽림정사(竹林精舍)가 나온다. 석가가 입적(入寂)한 뒤에 그의 제자 가섭(迦葉)이 500명의 비구니를 불러 모아 여기서 함께 스승의 말씀을 기억하고 암송했으며 불교 경전을 확정하였다고 한다.【李蔡】

101 무득공과(無得功果) : 공과의 원래 의미는 염불하고 경전 읽고 재앙을 면하도록 기도하는 재(齋) 의식이다. 여기서는 무득공과뿐 아니라 무득대재(無得大齋), 무회득(無會得)도 나오는데 모두 중생에게 공평하게 공양하는 무차대회(無遮大會)를 가리킨다. 원래 인도에서 유래한 공양 법회이므로 그것에 대한 한자 표기는 다양하다. 여기서는 무차대회의 취지가 누구에게나 차별 없이 공양하는 것이므로 생선국이 먹고 싶다는 삼장법사의 이야기를 장자가 들어줄 수밖에 없었다는 뜻이다.【宋】

102 대자본에는 일(一)자가 없다.【李蔡】

103 수치(修治) : 가축을 잡아 음식을 만드는 것이다.『태평광기(太平廣記)』권483에는 다음과 같은 문장이 나온다. "내 딸은 저고리를 마름질하고 두루마기를 꿰매는 따위의 일을 전혀 못하지만 물뱀이나 두렁허리를 손질하는 일은 한 마리 한 마리 하면할수록 더욱 잘한답니다(我女裁袍補襖, 卽灼然不會, 若修治水蛇黃鱔, 卽一條必勝一條矣)."【李蔡】

104 수사(修事) : 역시 가축을 잡아서 음식을 만든다는 뜻이다. 유송(劉宋) 뇌효(雷斅)

長者取刀度與法師. 法師吞白齋衆長者, "今日設無得大齋. 緣此一頭大魚, 作甚罪過."

長者曰, "有甚[105]罪過?"

法師曰, "此魚前日吞卻長者[106]子癡那, 見在肚中不死."

衆人聞語, 起身圍定. 被法師將刀一劈, 魚分二段, 癡那起來, 依前言語. 長者抱兒, 驚[107]喜倍常, 合掌拜謝法師, "今日不得法師到此, 父子無相見面."

大衆歡喜. 長者謝恩, 乃成詩曰,

經商外國近三年, 孟氏家中惡意偏.

遂把癡那推下水, 大魚吞入腹中全.

卻因今日齋中坐, 和尚沉吟醉不鮮[108].

의『뇌공포자론(雷公炮炙論)』「기주오사(蘄州烏蛇)」에는 다음과 같은 문장이 나온다. "무릇 모든 뱀을 잡아 요리할 때는 담낭을 제거하고 껍질을 벗기며, 말랐거나 촉촉하거나 반드시 술로 삶아서 먹는 것이 좋다(凡修事一切蛇, 並去膽並上皮了, 乾濕須酒煮過, 用之良)."【李蔡】

105 심(甚) : 대자본에서는 하(何)로 썼다.【李蔡】
106 자(者) : 원래 없었는데 지금은 대자본에 의거해 보충했다.【李蔡】
107 경(驚) : 원래 경(敬)으로 되어 있었는데 지금은 대자본에 의거해 고쳤다.【李蔡】
108 불선(不鮮) : 신선하고 맛있지 않아서 물리는 것이다. 『사기(史記)』「역생육고열전(酈生陸賈列傳)」에는 다음과 같은 문장이 나온다. "여러 번 보아서 새롭지 않다(數見不鮮)." 전종서(錢鍾書)의『관추편(管錐編)』「사기회주고증(史記會註考證)」제41칙(則)에는 다음과 같은 문장이 나온다. "선은 새롭고 좋은 음식이다. 불선은 원래의 음식이며 하루 지난 반찬을 다시 내놓는 것이다(鮮者, 新好之食也, 不鮮者, 原也, 宿饌再進)." 여기서의 의미와 같다. 위의 문장에서는 다음과 같이 말했다. "마음속으로 생선국만 생각하고, 다른 것은 모두 먹고 싶어 하지 않는다(心內只憶魚羹, 其他皆不欲食)." 술에 취하여 다른 음식을 모두 새롭고 맛있게 느끼지 못하는 것이

索討大魚親手煮, 爺兒再覩信前緣.

法師曰, "此魚歸東土, 置僧院[109], 卻造木魚常住[110], 齋時將搥打肚."
又成詩曰,

孟氏生心惡, 推兒入水中.

只因無會得, 父子再相逢.

眾會共成詩曰,

法師今日好因緣, 長者癡那再出天.

孟氏居那無兩樣, 從今衣祿[111]一般般[112].

法師七人離大演之中, 旬日到京. 京東路[113]遊奕[114]探[115]聞法師取經回

다.【李蔡】

109 승원(僧院) : 불교에서 승려가 불상(佛像)을 모셔 놓고 불도(佛道)를 닦으며 교법
(敎法)을 펴는 곳이다.【宋】

110 상주(常住) : 승려의 4가지 살림살이 기구이다. 상주물(常住物)의 간칭으로 사원
에서 소유하는 재물을 말한다. 사원에는 승려들이 소유하는 집, 세간도구, 수목,
식량, 소금과 장, 음식 등이 있다. 만약 이것을 훼손하거나, 사적으로 점유하거나,
빌려가 돌려놓지 않거나, 훔치거나 사기를 치면 모두 중징계를 받는다.【宋】 불교
용어이고 '상주승물(常住僧物)'을 말하며, 여기서는 특히 목어(木魚)를 가리킨다.
【李蔡】

111 의록(衣祿) : 의식(衣食)과 행운을 말한다. 의록식록(衣祿食祿), 의식복분(衣食福
分)이라고도 한다.【宋】

112 일반반(一般般) : 평범하고 일반적이라는 뜻이다.【宋】

程, 已次^{116}京界, 上表^{117}奏聞□宗明皇^{118}. 時當炎暑, 遂排大駕, 出百里
之間迎接. 法師七人相見謝恩. 明皇共車與法師回朝. 是時六月末旬也.
日日朝中設齋, 勅下諸州造寺, 奉迎佛法. 皇王收得般若心經, 如獲眼
精^{119}, 內外道場^{120}, 香花迎請.

又值七月七日, 法師奏言, "臣啓陛下, 臣在香林受心經時, 空中有言.
臣僧此月十五日午時^{121}爲時至, 必當歸天^{122}."

---

113 경동로(京東路) : 북송(北宋)의 행정구획이다. 지도(至道) 3년(997년)에 송(宋)
    태종(太宗) 조광의(趙光義)가 천하를 15로(路)로 나누고 그중 경동로로써 송주
    (宋州)(지금의 하남(河南)성 상구(商丘))를 관할했다. 희녕(熙寧) 7년(1074년)
    에 경동로는 경동동로(京東東路)와 경동서로(京東西路)로 나뉘었고, 경동동로는
    청주(青州)(지금의 산동(山東)의 일부)를 관할하고, 경동서로로는 남경(南京)의
    응천부(應天府)(지금의 하남성 상구)를 관할했다. 원우(元祐) 원년(1086년)에는
    다시 경동동로와 경동서로가 모두 경동로가 되었고, 남경의 응천부(지금 하남성
    상구)를 관할하게 되었다. '경동로'는, 『대당삼장취경시화』의 저작 시기를 송대
    로 추정할 수 있는 증거가 된다.【宋】
114 유혁(遊奕) : 순찰대이다.【宋】 혁(奕)은 원래 변(變)으로 되어 있었는데 잘못된 것
    이다. 지금은 대자본에 의거해 고쳤다. 유혁(遊奕)은 순찰을 책임지는 무관(武官)
    의 명칭이다.【李蔡】
115 탐(探) : 대자본에서는 탐(探)자 앞에 글자가 하나 더 있었는데 훼손되어 정확히
    알 수 없다.【李蔡】
116 차(次) : 여행하다가 어느 장소에 이르러 머무는 것.【宋】
117 표(表) : 원래는 래(來)로 되어 있었는데 지금은 대자본에 의거해 고쳤다.【李蔡】
118 □종명황(□宗明皇) : 이 부분은 앞부분이 빠져있어서 정확하게 알 수 없지만, 리
    스런과 차이징하오의 주에 따라 □종(□宗)을 '태종'으로 해석했다.【宋】 □종(宗)
    은 원래 영접(迎接)으로 되어 있었고 고전문학본에서는 그것을 따랐는데, 앞뒤 문
    맥이 통하지 않아 지금은 대자본에 의거해 고쳤다. 종(宗) 앞의 글자는 정확하지
    않는데 태(太)자여야 할 것 같다.【李蔡】
119 안정(眼精) : 눈이다. 정(精)은 정(睛)과 통한다.【宋】
120 도량(道場) : 불교의 사찰. 원래는 부처나 보살이 도를 얻기 위해 수행하는 곳이며,
    불도를 수행하는 승려들이 모인 곳을 말하기도 한다.【宋】
121 오시(午時) : 오전 11시부터 오후 1시까지의 시간이다.【宋】
122 귀천(歸天) : 원본에서는 귀(歸)자 뒤에서 행이 바뀌고 천(天)자는 대(大)자로 쓰

唐帝聞奏, 淚滴龍衣. 天符有限, 不可遲留.

法師曰, "取經歷盡魔難, 只爲東土衆生. 所有深沙神[123], 蒙佗恩力, 且爲還恩寺中追拔[124]."

皇王曰, "法師委付, 可塑於七身佛[125]前護殿."

至七月十四日午時五刻, 法師受職.

皇帝宣謝, "三年往西天取經一藏[126]囬歸, 法師三度[127]受經, 封爲三藏法師.

十五日午時五刻, 天宮降下採蓮舡, 定光佛在雲中正果[128]法師, 宣公不得遲遲. 忽卒辭於皇帝, 七人上舡, 望正西乘空上仙去也. 九龍興霧, 十鳳來迎, 千鶴萬祥, 光明閃爍. 皇帝別無[129]報答, 再設[130]大齋一筵, 滿

여서 맨 앞에 온다. 고전문학본은 그것을 따랐고, 귀(歸) 뒤에서 문장을 끊었다. 대자본에서는 대(大)로 쓰지 않고 천(天)자로 썼다. 대(大)자는 윗 획이 사라지면서 잘못 쓰인 것 같다. 천(天)자로 써야 앞뒤로 문장이 순조롭고 문맥도 분명해지므로 대자본에 의거해 고쳤다.【李蔡】

123 소유심사신(所有深沙神) : 소(所)는 뜻이 없으며 어조사이다. '소유심사신'은 즉 유심사신(有深沙神)이다. 변문에도 소(所)의 이러한 용법이 나온다. 「동영변문(董永變文)」에는 다음과 같은 문장이 나온다. "집안이 빈궁하고 돈과 재물이 없어 이 몸을 팔아 부모님 상을 치렀다(家裏貧窮無錢物, 所買(賣)當身殯爺娘)." 소매(所賣)는 판다[賣]는 뜻이다.【李蔡】

124 추발(追拔) : 경전을 읊조리고 절하며 죄를 뉘우쳐 망령을 제도(濟度)하는 것이다.【李蔡】

125 칠신불(七身佛) : 이 책 '15번째 이야기'의 주 '7여신(七餘神)'을 참고.【宋】

126 일장(一藏) : 불교의 경문을 말하고 여기서는 『반야심경』을 가리킨다.【宋】

127 도(度) : 원래는 당(唐)으로 되어 있었는데 잘못된 것이다. 지금은 대자본에 의거해 고쳤다.【李蔡】

128 정과(正果) : 불교용어이고, 도를 닦음에 있어서 증험과 깨달음이 있고 성취가 있는 것이 마치 열매가 맺히는 것과 같음을 말한다. 여기서는 사동용법으로 사용되었고, 현장이 증험과 깨달음을 얻었음을 가리킨다.【李蔡】

129 무(無) : 원래는 이(而)로 되어 있었는데 지금은 대자본에 의거해 고쳤다.【李蔡】

130 설(設) : 원래는 욕(欲)으로 되어 있었고, 상무인서관본과 고전문학본에서는 그것

座散香[131], 咸憶三藏. 皇帝與太子諸官, 遊四門[132]哭泣, 代代留名.

乃成詩曰,

法師今日上天宮, 足襯蓮花步步通.

滿國福田大利益, 免教東土墮塵籠[133].

太宗後封[134]猴行者爲銅筋鐵骨大聖.

을 따랐으나 의미가 통하지 않는다. 지금은 대자본에 의거해 고쳤다.【李蔡】

131 산향(散香) : 취기를 불러일으키는 향이다. 법술을 행할 때 화로에 향을 넣어 사르고 공양을 하는데 이 때 나오는 진한 향이다.【宋】

132 사문(四門) : 불교에서는 '사문'이 여러 의미로 해석된다. 수(隋)대 이후로 신앙되었던 천태종(天台宗)에서는 사문이 불교의 진리를 깨닫는 4가지 길인 장교(藏敎), 통교(通敎), 별교(別敎), 원교(圓敎)의 4가지 가르침이나 유(有), 공(空), 역유역공(亦有亦空), 비유비공(非有非空)의 4문을 가리킨다. 7세기부터 송대까지 크게 일어났던 대승불교의 한 교파인 밀교(密敎)에서는 만다라의 방위인 동서남북의 사방 문을 가리킨다. 사방문은 각각 발심(發心), 수행(修行), 보리(菩提), 열반(涅盤)을 상징하거나, 4가지 지혜와 4가지 덕을 표현하기도 한다. 여기서는 사문의 의미를 정확하게 알 수는 없지만 불교의 종교적인 의미를 지닌 사방 문으로 해석했다.【宋】

133 진롱(塵籠) : 속세의 속박이다.【宋】

134 원래 봉(封)자가 없었는데 지금은 대자본에 의거해 보충했다.【李蔡】

번역

송대 간본『대당삼장취경시화』3권은 일본의 코잔지高山寺에 원래 소장되어 있었는데 지금은 미우라三浦 장군의 소관하에 있다. 권상上의 제1쪽, 권중中의 제2와 3쪽이 누락되어 있다. 책 말미에는 중와자장가인中瓦子張家印이라는 낙관이 한 줄 들어가 있다. 중와자는 송대 임안부臨安府의 거리 이름이고 공연극장이 있던 곳이다. 오자목吳自牧의『몽량록夢粱錄』권19에는 다음과 같은 글이 나온다.

"항주杭州에는 와사瓦舍가 도시 안팎으로 모두 17군데가 있다. 예를 들어 청령교淸泠橋와 희춘루熙春樓 아래에 있는 것을 남와자南瓦子라고 부르고, 시市의 남쪽과 방坊의 북쪽, 삼원루三元樓의 앞쪽에 있는 것을 중와자中瓦子라고 부른다."

권15에는 다음과 같은 글이 나온다.

"포석문鋪席門과 보우방保佑坊 앞에 장관인張官人의 경사자집經史子集을 파는 서점이 있고 그 다음으로 중와자 앞의 가게들이 있다."

여기서 말하는 '중와자장가인'은 아마도『몽량록』의 장관인이 경사자집을 파는 서점인 것 같다. 남송 시기에 임안臨安의 책방으로는 태묘太廟 앞의 육陸가와 만고교鞍鼓橋의 진陳가가 있었고 여기서 간행된 책들은 사람들에게 대부분 알려져 있었는데, 중와자의 장가는『몽량록』에 한 번 나올 뿐이다.

이 책은『오대평화五代平話』,『경본소설京本小說』,『선화유사宣和遺事』와

체례가 거의 비슷하다. 3권의 책이고 모두 17절로 나뉘어 있어서, 후세의 소설에서 장회章回로 나누는 것의 원조이기도 하다. 시화詩話라고 하는 것은 당, 송대의 사대부들이 말하는 시화는 아니고 그 안에 시도 있고 이야기도 있어서 그렇게 이름 붙여진 것이다. 사詞도 있고 이야기도 있으면 사화詞話라고 하는 것과 마찬가지이다.

『야시원서목也是園書目』에는 송나라 사람의 사화 16종이 나오는데 『선화유사』도 그중 하나이다. 사화라는 명칭은 준왕遵王이 지어낸 것은 아니고, 틀림없이 이 16종 안에 사화라고 이름 붙여진 것이 있어서였을 것이다. 이 책은 시는 있고 사는 없으므로 시화라고 했다. 『몽량록』과 『도성기승都城紀勝』에서 말하는 설화說話의 한 종류이다.

이 책은 현장玄奘의 취경을 기록했고 후행자의 법술이 나오므로 『서유연의西遊演義』의 저본이 된다. 그리고 도남촌陶南村의 『철경록輟耕錄』에 기록된 원본院本의 제목을 살펴보면 실은 금金대 사람의 저작 중에 『당삼장唐三藏』 1본이 들어가 있다. 『녹귀부錄鬼簿』에 실린 원대元代 오창령吳昌齡의 잡극에도 『당삼장서천취경唐三藏西天取經』이 나오는데, 이 책은 중화민국 초에도 여전히 현존한다. 『야시원서목』에는 오창령의 『서유기』 4권이 나오고, 『조련정서목曹楝亭書目』에는 『서유기』 6권이 나오며, 『무명씨전기휘고無名氏傳奇彙考』에도 『북서유기北西遊記』를 언급한 내용이 나온다. 지금 북곡北曲을 사용하고 원대 사람의 작품이라고 하는 것은 대부분 오창령이 지은 잡극이다. 지금 금대 사람의 원본과 원대 사람의 잡극은 모두 사라졌다. 그런데 남송 사람이 펴낸 화본이 아직 존재하니 어찌 세상에서 희귀하고 신묘한 책이 아니겠는가! 일본의 도쿠토미 소미네德富蘇峯씨가 『대당삼장취경기』라는 제목의 대자본 1권을 여전히 소장하고 있다고 들었는데, 이것이 소자본과 얼마나 다른지는 나도 잘 모르겠다.

을묘乙卯년 봄 해녕海寧 왕국유.

宋槧大唐三藏取經詩話三卷, 日本高山寺[136]舊藏, 今在三浦[137]將軍許.

闕卷上第一葉, 卷中第二三葉. 卷末有中瓦子[138]張家印款一行. 中瓦子

---

135 왕국유(王國維) : 1877~1927. 청말부터 민국 초에 국제적으로 명성을 날린 학자이다. 절강(浙江)성 해녕(海寧) 사람이고 본명은 국정(國楨)이다. 자는 정안(靜安), 백우(伯隅)이고, 호는 예당(禮堂), 관당(觀堂), 영관(永觀)이다. 문학, 미학, 사학, 철학, 금석학, 갑골문, 고고학 등 여러 분야에서 탁월한 업적을 이루었다. 1911년 신해혁명(辛亥革命)이 일어나고 청 정부가 무너지자 왕국유는 나진옥(羅振玉)을 따라 일본으로 건너가 4년여를 머물면서 경사(經史)와 고문자학 연구를 하였고, 일본에 있는 중국의 고문서를 수집, 정리하는 작업을 했다. 당시 그는 갑골문, 역사, 기물과 복장, 건축 등 다양한 분야를 연구했고 풍부한 저술을 남겼다. 희곡 연구에도 매진하여『송원희곡고(宋元戲曲考)』와 같은 저서를 남겼다.【宋】

136 코잔지(高山寺) : 일본 교토시 우쿄구에 있는 불교 사원이다. 코잔지 혹은 코산지로 발음한다. 나라 시대인 774년에 세워졌다고 전해지지만 실제로는 가마쿠라 시대인 1206년에 세워졌다고도 한다. 1994년 교토의 문화재로서 유네스코 세계유산으로 등록되었다.【宋】

137 미우라(三浦) : 미우라 고로(三浦梧楼, みうら ごろう, 1847~1926)는 일본의 군인이자 정치가이다. 1895년 주한공사로 조선에 부임한 그는 10월 8일 새벽에 러시아 세력을 몰아내기 위하여 일본군과 경찰, 낭인(浪人)들을 동원해 명성황후(明成皇后)를 시해하고 그 시신을 불태웠다. 또한 시해된 황후가 궁궐을 탈출한 것처럼 위장하여 폐서인조칙(廢庶人詔勅)을 내리도록 하였다. 그러나 일본에서 그에 대한 평가는 사뭇 달랐다. 그는 을미사변의 주동 혐의로 일본으로 소환되어 히로시마 감옥에 잠시 투옥됐으나 이듬해 '증거불충분'으로 무죄를 선고받고 석방됐다. 이후 일본에서는 의회주의자로서 주요 회의를 주재했고, 호헌삼파(護憲三派)를 결성해 일본 근현대사에 이름을 남기기도 했다. 또한 메이지 시대(1868~1912) 이후로 도쿄의 고문헌 자료들은 주로 사찰과 고서점들에 보관되었고 승려와 일부 관계자에게만 개방되었는데, 미우라 고로는 이런 자료들을 관장하는 역할도 했다. 왕국유 당시에『대당삼장취경시화』도 미우라 고로의 관할하에 있었던 것으로 보인다.【宋】

138 중와자(中瓦子) : 와자(瓦子), 와시(瓦市), 와사(瓦肆), 와사(瓦舍)로도 불렸다. 곡예(曲藝), 설창(說唱), 잡기(雜技) 등을 연행하던 장소이다. 북송의 변경(汴京)에는 상가와자(桑家瓦子), 중와(中瓦), 이와(裏瓦), 구란(勾欄) 등이 모두 50여 개가 있었다.【宋】

爲宋臨安府[139]街名, 倡優劇場之所在也.　吳自牧[140]夢梁錄[141]卷十九云,

杭之瓦舍, 內外合計有十七處. 如淸泠橋, 熙春樓下, 謂之南瓦子. 市南

坊北, 三元樓前, 謂之中瓦子. 又卷十五, 鋪席門, 保佑坊前, 張官人經史

子集文籍鋪, 其次卽爲中瓦子前諸鋪. 此云中瓦子張家印, 蓋卽夢梁錄之

張官人經史子集文籍鋪. 南宋臨安書肆, 若太廟前陸家, 鞔鼓橋陳家, 所

刊書籍, 世多知之. 中瓦子張家, 惟此一見而已.

　此書與五代平話[142], 京本小說[143]及宣和遺事[144], 體例略同.　三卷之書,

---

139 임안부(臨安府) : 남송 시기 항주(杭州)의 이름이다. 임안은 남송의 도성이었다.【宋】

140 오자목(吳自牧) : 남송대 전당(錢塘) 사람이다. 송조가 멸망한 이후로 전당의 번
성했던 모습과 남송의 수도 임안(臨安)의 도시 풍경을 『몽량록(夢梁錄)』20권에
담아냈다.【宋】

141 『몽량록(夢梁錄)』: 송대 오자목(吳自牧)이 지은 필기(筆記)이다. 총 20권이고 남
송의 수도인 임안(臨安)의 도시 풍경을 소개했다.【宋】

142 『오대평화(五代平話)』:『신편오대사평화(新編五代史平話)』라고도 하고, 원본에
는 『오대사(五代史)』라고 되어 있다. 오대십국(五代十國) 시기의 양(梁), 당(唐),
진(晉), 한(漢), 주(周)의 흥망성쇠를 다룬 화본이다. 작자는 미상이지만 송대 사
람으로 알려져 있다.【宋】

143 『경본소설(京本小說)』: 송원대 화본소설집이고 작자는 미상이다. 원명은 『경본
통속소설(京本通俗小說)』이다. 1915년 무전손(繆荃孫)이 7편의 소설을 간행하였
고 『연화동당소품(煙畵東堂小品)』 총서에 수록하였다. 이 소설집에는 「연옥관음
(碾玉觀音)」, 「보살만(菩薩蠻)」, 「서산일굴귀(西山一窟鬼)」, 「지성장주관(志誠張
主管)」, 「요상공(拗相公)」, 「착참최녕(錯斬崔寧)」, 「풍옥매단원(馮玉梅團圓)」 등
이 수록되어 있다. 『경본통속소설』은 스토리가 재미있고 인물이 개성적이며 심리
묘사에도 뛰어나, 송원 시기의 사회생활과 풍속을 잘 반영하고 있다는 평가를 받
는다.【宋】

144 『선화유사(宣和遺事)』: 원명은 『대송선화유사(大宋宣和遺事)』이다. 송말 원초의
작품이고, 강사화본(講史話本)이다. 작자는 미상인데 송대를 거쳐 원대에 증보된
것으로 보인다. 역대 제왕의 황음무도함을 비판하고 송 휘종(徽宗)과 흠종(欽宗)
이 이민족의 포로가 된 것을 통탄하며, 영웅의 출현과 반항, 새로운 사회를 갈망하
는 내용이고 민족주의적인 성격이 강하다. 송강(宋江)과 양산박(梁山泊)의 도적
단의 이야기가 들어가 있어 후대의 『수호전(水滸傳)』의 원형으로 본다. 『신편오

共分十七節, 亦後世小說分章回之祖. 其稱詩話, 非唐宋士夫所謂詩話,

以其中有詩有話, 故得此名. 其有詞有話者, 則謂之詞話. 也是園書目[145]

有宋人詞話十六種, 宣和遺事其一也. 詞話之名, 非遵王[146]所能杜撰, 必

此十六種中, 有題詞話者. 此有詩無詞, 故名詩話. 皆夢粱錄, 都城紀

勝[147]所謂說話之一種也.

書中載元奘[148]取經, 皆出猴行者之力, 即西遊演義所本. 又考陶南村[149]

輟耕錄[150]所載院本名目, 實金人之作中有唐三藏一本. 錄鬼簿[151]載元吳昌

대사평화(新編五代史平話)』와 함께 대표적인 송대 강사이다.【宋】

145 『야시서목(也是園書目)』: 원명은 『야시원장서목(也是園藏書目)』이고 청대 전
증(錢曾)이 편찬했다. 10권이고 경(經), 사(史), 자(子), 집(集) 외에 명사(明史),
삼장(三藏), 도장(道藏), 희곡소설(戲曲小說)의 4부를 따로 두었다. 총 3,800여
종의 책을 수록했다. 희곡소설부에는 잡극(雜劇), 곡보(曲譜), 전기(傳奇), 소설
등이 다량으로 수록되어 있어 문학 연구자들에게 중요한 자료를 제공한다. 1958
년 중국의 고전문학출판사에서 출판되었다.【宋】

146 준왕(遵王): 『야시원서목(也是園書目)』을 펴낸 청대 전증(錢曾, 1629~1701)의
자(字)이다. 전증은 우산(虞山)(지금의 장쑤(江蘇)성 창슈(常熟)) 사람이고, 장
서가이자 판본학자이다.【宋】

147 『도성기승(都城紀勝)』: 남송의 필기(筆記)이다. 작자인 내득옹(耐得翁)(생졸 미
상)의 성은 조(趙)이고 남송의 영종(寧宗), 이종(理宗) 시기의 사람인데 그에 대한
기록은 자세하지 않다. 작자는 임안(臨安)(지금의 저장(浙江)성 항저우(杭州))에
살면서 보고 들은 자료들을 근거로 삼고 『낙양명원기(洛陽名園記)』를 모방하여,
남송 이종 단평(端平) 2년(1235년)에 이 책을 완성했다. 임안의 거리, 마을, 가게,
학교, 사찰, 정원, 교방(敎坊), 잡희(雜戲) 등을 기록했다. 이 책은 두껍지는 않지만
당시 남송 임안의 시민계층의 생활과 상공업의 성황을 구체적이고 자세하게 기록
하여 남송 사회의 도시생활을 연구하는 데 있어서 중요한 가치를 지닌다.【宋】

148 원장(元奘): 현장(玄奘)이다. 원(元)과 현(玄)의 발음이 비슷하여 가차한 것이다.
고대에는 특히 인명에서 가차자를 많이 썼다.【宋】

149 도남촌(陶南村): 원말 명초의 문학가이자 사학가인 도종의(陶宗儀, 1329~1412)
의 호가 남촌(南村)이다. 그의 자는 구성(九成)이고 대주(臺州) 황암(黃岩) 사람
이다. 그는 박학다식했고, 시문과 서화에도 뛰어났다.【宋】

150 『철경록(輟耕錄)』: 원대 문학가인 도종의(陶宗儀)가 지은 원대 역사에 관한 필기

齡[152]雜劇有唐三藏西天取經, 其書至國初尚存. 也是園書目有吳昌齡西遊記四卷, 曹棟亭書目[153]有西遊記六卷, 無名氏傳奇彙考亦有北西遊記云. 今用北曲, 元人作, 蓋即昌齡所撰雜劇也. 今金人院本, 元人雜劇皆佚, 而南宋人所撰話本尚存, 豈非人間希有之秘笈乎. 聞日本德富蘇峯[154]尚藏一大字本, 題大唐三藏取經記, 不知與小字本異同何如也.

乙卯[155]春, 海寧王國維.

이다. 『남촌철경록(南村輟耕錄)』으로도 불린다. 총 30권, 585조, 20여만 자로 되어 있다. 『철경록』에는 풍부한 사료가 보존되어 있고 특히 송원 시기의 전장제도(典章制度), 잡록(雜錄), 문물, 과학기술, 민속 등에 대한 자료가 많다. 소설, 서화, 희극(戲劇), 시사(詩詞)와 관련된 기록들도 풍부하다.【宋】

151 『녹귀부(錄鬼簿)』: 원대 지순(至順) 원년(약 1330년)에 종사성(鍾嗣成)이 지었다. 금(金)대 말년부터 원대 중기까지의 잡극(雜劇)과 산곡(散曲) 예인 등의 80여 명에 대한 이력과 작품 목록을 기록했다.【宋】

152 오창령(吳昌齡) : 원대 시기 잡극 작가이고, 서경(西京, 지금의 산시(山西)성 따퉁(大同)시) 사람이며 생졸연대는 미상이다. 원대의 작가들 중에서도 활발하게 활동하여 높은 성취를 이루었다. 특히 그의 『서천취경(西天取經)』은 원대 작품들 중에서도 완성도 높은 잡극에 속했고, 후세의 잡극과 소설에 큰 영향을 끼쳤다.【宋】

153 『조련정서목(曹棟亭書目)』: 청대 강희(康熙) 연간 강녕직조(江寧織造)인 조인(曹寅, 1658~1712)이 편찬한 사가(私家)의 장서 목록이다. 이 책은 『홍루몽(紅樓夢)』 연구자들에게 주목을 받아왔다.【宋】

154 도쿠토미 소미네(德富蘇峯) : 1863~1957. 메이지 후기부터 쇼와 중기까지 활동한 일본의 저널리스트이자 역사가의 필명이다. 그의 본명은 도쿠토미 이치로이다.【宋】

155 을묘(乙卯) : 1915년.【宋】

번역

송대 사람의 평화平話는 세상에 전해지는 것이 매우 적고, 오래된 것으로는 『선화유사宣和遺事』뿐이다. 근래에 『오대평화五代平話』, 『경본소설京本小說』과 같은 작품은 중간본重刊本도 조금씩 보이지만 그 외에는 여전히 별로 눈에 띄지 않는다.

이것은 미우라三浦 장군이 소장한 것을 내가 빌려서 영인한 것이다. 이렇게 하여 송나라 사람의 평화 중에 세상에 전해진 것이 마침내 4종이 되었다. 『사고전서총목四庫全書總目』의 잡사류雜史類 존목存目의 『평파시말平播始末』조條에 따르면 『영락대전永樂大典』에는 평화가 1부문部門만 나오고 수록된 것도 매우 적은데, 모두 예인藝人이 전 시대의 일화를 덧붙여 쓰고 구연口演한 것이다. 지금 『영락대전』은 이미 사라지고 없는데, 이는 경자庚子년에 비적들의 난리로 한림원翰林院에 화재가 발생하여 『영락대전』이 불탔고 남은 것들도 쓸모없이 버려졌으며, 다행히 온전히 보전된 것들마저 대부분 해외로 유출되었기 때문이다. 신해辛亥년에 나라에 난리가 나서 관청과 사원에서 보관되던 것들도 약탈당하고 흩어져버려 지금은 1권도 남아있지 않게 되었다. 평화 중에 세상에 아직 남아있는 것이 있는지 잘 모르겠다. 그것을 생각하면 개탄스럽다.

병진丙辰년 9월, 상우上虞 나진옥 씀.

원문 羅振玉[156]跋一

宋人平話, 傳世最少, 舊但有宣和遺事而已. 近年若五代平話, 京本小

說漸有重刊本[157], 此外仍不多見. 此三浦將軍所藏, 予借付景印. 宋人平

話之傳人間者, 遂得四種. 四庫全書總目[158]雜史類存目[159]平播始末[160]條,

言永樂大典[161]有平話一門, 所收至夥, 皆優人以前代軼事敷衍成文, 而

---

156 나진옥(羅振玉) : 1866~1940. 어릴 때 이름은 나보옥(羅寶鈺)이고 자는 식여(式
如), 숙온(叔蘊), 숙언(叔言)이며 호는 설당(雪堂), 영풍향인(永豐鄕人)이고, 만호
(晚號)는 정송노인(貞松老人), 송옹(松翁)이다. 절강(浙江)성 상우(上虞)현 영풍
(永豐)향이 본적이고 강소(江蘇)성 회안(淮安)에서 출생했다. 근대 시기 중국의
농학자, 교육가, 고고학자, 금석학자, 돈황학자, 목록학자, 교감학자, 고문자 학자이
다. 선통(宣統) 3년(1911년)에 신해혁명(辛亥革命)이 일어나자 왕국유(王國維)
등과 함께 일본으로 도피하여 학술연구에 종사했다. 고문서와 고자료를 서구의
과학적인 방법을 통해 정리하고 소개하는 데 있어서 탁월한 성취를 이루었다.【宋】
157 중간본(重刊本) : 책을 새롭게 조판하여 간행한 판본이다.【宋】
158 『사고전서총목(四庫全書總目)』:『사고전서총목제요(四庫全書總目提要)』라고도
한다. 청대 건륭(乾隆) 47년(1782)에 기윤(紀昀)이 황제의 명에 따라 엮은 책이다.
『사고전서』의 총목록을 기록하고 각 서적의 이름 밑에 그 개요를 간단히 설명했다.
총200권이다.『사고전서』는 1772년(건륭 37년)부터 1782년에 완성된 중국의 최
대 총서이다. 궁중에서 소장하던 책뿐 아니라 민간에 소장된 서적들까지 모두 수집
하고 선별해 경(經), 사(史), 자(子), 집(集)의 4부분으로 나누어 기록했다.【宋】
159 존목(存目) : 전적의 제목만 기록해 놓은 것이다.【宋】
160 『평파시말(平播始末)』: 명대 곽자장(郭子章)이 지은 책이며 2권으로 되어 있다.
곽자장은 귀주(貴州)의 순무(巡撫)로 부임하여, 명 만력(萬曆) 연간(1573~1620)
파주(播州) 선위사(宣慰使) 양응룡(楊應龍)이 일으킨 반란을 토벌하는 데 참여하
였다. 이 책은 주로 양응룡이 난을 일으킨 정황과 토벌 과정 등을 기록했다. 지방의
주장(奏章), 명대 조정의 유지(諭旨) 등의 문서들과 군사부서, 교전정황 등과 관련
된 자료가 풍부하여, 파주(播州) 지역의 토사(土司) 제도와 그 지역의 묘(苗)족,
홀료(仡佬)족 등의 역사를 연구하는 데 있어서 참고할 만하다.『천경당서목(千頃
堂書目)』과『사고전서총목』에 들어가 있다.【宋】
161 『영락대전(永樂大典)』: 명대 영락제(永樂帝)에 의해 편찬된 중국 최대의 유서(類
書)이다. 본문 22,877권, 목록 60권이고, 이 사업에 종사한 인원만 2,000명 이상
에 이른다. 경서(經書), 사서(史書), 시문집, 불교, 도교, 의학, 천문, 복서(卜筮)

口說之. 今大典已散佚, 庚子拳匪之亂, 翰林院火, 大典燼餘, 有以糊油
簀及包裹食物者, 其幸完者, 多流入海外. 辛亥國變, 官寺所儲, 亦爲人
盜竊分散, 今一冊不存. 平話一門, 不知人間尙存殘帙否. 念之慨歎.

　　丙辰[162]九月, 上虞羅振玉記.

　　등과 관련된 문헌들이 망라되어 있다.【宋】
162 병진(丙辰) : 1916년.【宋】

번역

일본의 미우라三浦 장군의 『당삼장취경시화唐三藏取經詩話』의 건상본巾箱本을 내가 사람을 시켜 영인했는데 몹시 안타깝게도 사라진 페이지가 있었다. 듣자하니 도쿠토미 소미네德富蘇峯 씨의 성궤당문고成簣堂文庫 안에 다른 판본이 남아 있다고 하여 책을 가져와 살펴보기로 하였다. 편지를 보낸 지 열흘이 채 되지도 않아 도쿠토미 소미네 씨가 보내 준 소장본이 도착했다. 급히 그것을 가져다 건상본과 교감해보니 명칭은 다르지만 내용은 같은 책이었다. 건상본은 상중하上中下로 나뉘어 있고, 이 책은 일이삼一二三으로 차례를 매긴 것이 다를 뿐이었다. 그리고 두 책 모두 코잔지高山寺에 원래 보관되어 있었는데 이 간본이 더 정교했다. 책에서 경驚자를 경驚으로 쓰고 경敬자에 마지막 필획이 빠져 있어서 역시 송대 간본임을 알 수 있었다.

건상본에는 세 쪽이 빠져 있는데, 이 책은 권1의 반쪽이 빠져 있고 권2의 전체 페이지가 빠져 있어서 이 판본을 가지고 건상본을 보충할 수는 없었다. 그러나 건상본의 잘못되고 누락된 부분은 이 판본을 가지고 바로 잡을 수 있었다. 그리하여 건상본과 함께 인쇄를 하여 두 분이 베풀어주신 은혜를 학계에 널리 알리고자 한다.

병진년 10월 영풍향인永豐鄉人 나진옥이 해동海東의 거처에서 씀.

日本三浦將軍唐三藏取經詩話巾箱本[163], 予既命工寫影, 頗惜其有佚

葉. 聞德富氏成簣堂文庫[164]中尚有別本, 乃移書求觀. 書往不逾旬, 蘇峯

翁果奇所藏本至. 亟取以校巾箱本, 稱名雖異, 而實是一書. 惟巾箱本分

卷爲上中下, 此則署一二三爲不同耳. 且皆爲高山寺舊藏, 而此刊刻[165]

爲精. 書中驚字作驚, 敬字缺末筆, 則此亦宋槧也.

巾箱本佚三葉, 此則卷一佚少半, 卷二全佚, 不能取以補巾箱本. 而巾箱

本之譌脫可取此本補正之. 因與巾箱本同付印, 以廣兩君之嘉惠於藝林.

丙辰十月, 永豐鄉人羅振玉書於海東寓所.

---

163 건상본(巾箱本) : 가지고 다니기에 편하도록 축소해서 만든 인쇄본이다. 작은 책
의 형태로 되어 있다.【宋】

164 성궤당문고(成簣堂文庫) : 세이키도분코(せいきどうぶんこ). 이시가와 타케미(石
川武美) 기념도서관(옛 오차노미즈 도서관(お茶の水図書館))을 창립한 이시가와 타
케미(石川武美, 1887~1961)가 친하게 지냈던 도쿠토미 소미네(德富蘇峰, 1863~
1957)로부터 쇼와(昭和) 15년에 구입한 문고이다. 성궤당문고에 수장된 고적, 고
문서는 대략 10만 점에 이르는 것으로 알려져 있다. 고대 전적으로는 나라(奈良),
헤이안(平安) 시대부터 에도(江戶) 시대에 이르는 일본 고서와 한적(漢籍), 불교
서적을 비롯하여 중국의 송, 원, 명대의 간본과 조선의 책들까지 각 분야에 대한
것들이 망라되어 있어 그 가치가 매우 크다. 지금은 도쿄(東京) 치요다(千代田)에
위치하며 예약제로 운영되고 있다.【宋】

165 차간각(此刊刻) : 성궤당문고 판을 가리킨다.【宋】

찾아보기

ㄱ

감로왕여래(甘露王如來)　148, 159
갱도　57, 61, 62
거나(居那)　146, 147, 152, 158
건상본(巾箱本)　177, 178
경동로(京東路)　153, 164
『경본소설(京本小說)』　167, 171, 174
계족산(鷄足山)　23, 27, 129, 131, 132, 134
공과(功果)　142, 156, 161
구룡지(九龍池)　7, 71
귀자모(鬼子母)　84, 86, 88
귀자모국(鬼子母國)　7, 82, 84, 86
금강(金剛)　41, 45
금교(金橋)　48, 76~80
금전(金錢)　80, 84
금환석장(金鐶錫杖)　32, 38, 39, 62, 71, 74, 98, 107, 113
금환장(金鐶杖)　57, 59, 62, 108, 113, 140
기린　48, 52

ㄴ

나진옥(羅振玉)　3, 11, 170, 174, 175, 177
나한(羅漢)　51, 55
남와자(南瓦子)　167
『녹귀부(錄鬼簿)』　20, 86, 168, 173

ㄷ

『다심경(多心經)』　132, 138, 140, 143
『당삼장(唐三藏)』　6, 19, 20, 168
『당삼장서천취경(唐三藏西天取經)』　6, 20, 168
『당삼장취경시화(唐三藏取經詩話)』　177
닭　27, 48
당(唐)　4, 19, 38, 87, 92, 100, 102, 140, 165, 171

당태종(唐太宗)　26, 39, 119, 120, 153, 154
대당국(大唐國)　30
대당(大唐)　119
대라신선(大羅神仙)　105, 111
대범천왕(大梵天王)　9, 30~32, 34, 38, 62, 98
대범천왕궁(大梵天王宮)　29
대사령(大蛇嶺)　57
대승불교　130, 135, 143, 166
대추　109, 114
도남촌(陶南村)　168, 172
『도성기승(都城紀勝)』　168, 172
도쿠토미 소미네(德富蘇峯)　11, 169, 173, 177, 178
동근철골대성(銅筋鐵骨大聖)　155
동토(東土)　22, 23, 26, 33, 59, 72, 77, 78, 83, 91, 92~94, 109, 119, 120, 125, 130, 133, 141, 142, 152, 153, 155
들개　48

ㅁ

목어(木魚)　30, 35, 36, 152, 163
『몽량록(夢粱錄)』　167, 168, 171
『무명씨전기휘고(無名氏傳奇彙考)』　168
무차대회(無遮大會)　8, 146, 150~152, 156, 157, 161
무차법회(無遮法會)　149
문수(文殊)　45, 95, 103
문수보살(文殊菩薩)　41, 45, 103, 104
미우라(三浦)　167, 170, 174, 177

ㅂ

바라국(波羅國)　118
바라내국(波羅榇國)　116, 118, 119

반도(蟠桃) 9, 10, 105~107, 110, 111, 113
반률국(盤律國) 140
『반야심경(般若心經)』 7, 8, 143, 153, 154, 165
발우(鉢盂) 32, 39, 57, 62, 71, 74, 98
백미(白米) 83
백의수재(白衣秀才) 22, 25
백호정(白虎精) 57~61, 67
뱀 6, 41, 42, 43, 57, 162
『법화경(法華經)』 31, 37, 100, 135
별천지 95, 119
보우방(保佑坊) 167
보현(普賢) 45, 95, 103
복선사(福仙寺) 129, 130, 132, 134
복숭아 9, 10, 93, 105~107, 109~111, 113, 115
복전(福田) 92, 98, 99
부처 20, 30, 37, 39, 62, 80, 86, 121, 127, 134, 138,
    141, 144, 158, 161, 164
북방대범천왕궁(北方大梵天王宮) 30
북방비사문대범천왕(北方毗沙門大梵天王)
    30, 34
『북서유기(北西遊記)』 168

ㅅ ─────────────────────
『사고전서총목(四庫全書總目)』 174, 175
사자 6, 48, 52, 65, 103, 119
사자국(蛇子國) 6, 42
사자림(獅子林) 6, 42, 48
사화(詞話) 168
삼계(三界) 31, 36
삼생(三生) 31, 36
삼세(三世) 23
삼원루(三元樓) 167
삼장법사(三藏法師) 3, 5~10, 19, 22, 23, 25,
    29~33, 38, 39, 41~43, 48, 49, 57, 58, 61, 64,
    71, 72, 76, 77, 79, 80, 82~84, 87, 90~96, 98,
    105~107, 109, 116, 125, 129~133, 140~142,
    144, 150~154, 161

생대(生臺) 93, 100
생사윤회 31
서왕모(西王母) 10, 105, 106, 110, 111
『서유연의(西遊寅義)』 168
서천(西天) 23, 25, 80, 88, 124
서천(西川) 105, 110
『선화유사(宣和遺事)』 167, 168, 171, 174
설화(說話) 168
섬서(陝西) 146
소사(小師) 22, 25, 79
수금조(水錦條) 72, 74
수인국(樹人國) 42, 48
수정궁(水晶宮) 30
수정재(水晶齋) 31, 33
수정좌(水晶座) 31
시화(詩話) 8, 9, 168
신선 8, 10, 40, 57, 63, 74, 110, 111, 120, 154
『심경(心經)』 133, 138, 140, 141, 143
심사신(深沙神) 3, 7, 32, 38, 76~80, 133, 154

ㅇ ─────────────────────
아비지옥(阿鼻地獄) 94, 102
악어 71~74
야명주(夜明珠) 94, 101, 102
『야시원서목(也是園書目)』 168, 172
야차(夜叉) 45, 59, 60, 65
여왕 92~96
여인국(女人國) 7, 90, 92, 93, 96
연화좌(蓮花座) 147, 158
『영락대전(永樂大典)』 174, 175
오강(烏江) 71, 73
『오대평화(五代平話)』 167, 171, 174
500나한(羅漢) 30, 33, 36
오자목(吳自牧) 167, 171
오창령(吳昌齡) 6, 20, 21, 86, 168, 173
옥음(玉音)동자 141
와사(瓦舍) 4, 167, 170

왕국유(王國維) 3, 11, 167, 169, 170, 175
왕모지(王母池) 7, 105, 110
왕사성(王舍城) 150, 156, 160
왕장자(王長者) 146
요괴 23, 32, 33, 38, 58, 74, 79
요술 38, 49, 50, 51
우발라국(優鉢羅國) 125~128
우발라수보리화(優鉢羅樹菩提花) 125, 127
원본(院本) 168
원숭이 23, 24, 26, 27, 59, 60
육도(六道) 31
은형모(隱形帽) 32, 38, 71, 74, 98
인과(因果) 146, 157
인삼(人參) 109, 114
인연 8, 14, 23, 29, 33, 43, 91, 94, 98, 125, 133,
     135, 141, 142, 152
임안(臨安) 167, 171, 172
임안부(臨安府) 167, 171

ㅈ ────────────────

자운동(紫雲洞) 22, 26, 105
장관인(張官人) 167
장안(長安) 7, 8, 20, 153
재회(齋會) 30, 149, 150, 152~54, 157, 160
전생 23, 29, 76, 77, 91, 94, 98, 101, 103
정광불(定光佛) 7, 8, 141, 142, 144, 154
『조련정서목(曹棟亭書目)』 168, 173
존자(尊者) 30, 32, 33
준왕(遵王) 168, 172
중와자(中瓦子) 167, 170
중와자장가인(中瓦子張家印) 10, 167
진인(眞人) 33, 40

ㅊ ────────────────

차천진(遮天陣) 71, 74
천궁 32, 33, 57, 72, 74, 91, 111, 119, 145, 154
천당(天堂) 141

천생만겁(千生萬劫) 94, 102
천수천안보살(千手千眼菩薩) 41, 44
천왕(天王) 32, 57, 62, 80, 91, 98
천축국(天竺國) 3, 5, 7, 8, 22, 24, 84, 93, 126, 129,
     132, 133, 140
천축(天竺) 25, 26, 83, 95, 134, 142
『철경록(輟耕錄)』 168, 172, 173
철룡(鐵龍) 71
청령교(淸冷橋) 167
춘류(春柳) 79, 147, 148, 149
치나(癡那) 55, 146, 147~149, 151, 152, 156, 158
칠불상(七佛像) 133
칠신불(七身佛) 154, 165
침향국(沉香國) 116
침향좌(沉香座) 31

ㅋ ────────────────

코잔지(高山寺) 3, 11, 167, 170, 177

ㅌ ────────────────

탕수(湯水) 29, 34
태종(太宗) 19, 20, 26, 74, 155, 164

ㅍ ────────────────

『평파시말(平播始末)』 174, 175
평화(平話) 174
포석문(鋪席門) 167

ㅎ ────────────────

하중부(河中府) 146
한림원(翰林院) 174
항마저(降魔杵) 58, 59, 64, 65
항주(杭州) 167, 171
해골 38, 76, 77, 95, 103
향림(香林) 140, 142, 153
향림사(香林寺) 140
향산(香山) 41, 43, 44

향산사(香山寺) 41

현장(玄奘) 3, 5, 9, 13, 19~21, 26, 27, 30~32, 38,
    98, 119, 120, 143, 165, 168, 172

호랑이 41, 48, 59, 65, 90, 110, 119

화과산(花果山) 22, 26, 105, 109

화류요(火類坳) 57, 59, 61, 62

환은사(還恩寺) 154

황하(黃河) 29, 34, 51, 106

후행자(猴行者) 3, 6, 7, 9, 10, 22~24, 26, 29, 30,
    32, 33, 38, 41, 42, 48~51, 57~62, 71, 77, 79,
    87, 90, 91, 105~109, 115, 125, 126, 129, 131,
    132, 140, 150, 155, 168

희춘루(熙春樓) 167